ジョイスの拡がり

インターテクスト・絵画・歴史

田村 章
Tamura Akira

春風社

ジョイスの拡がり――インターテクスト・絵画・歴史

目次

索引

序章

ノース・ブル島からホウスを望む（田村　章　撮影）

ジェイムズ・ジョイス（James Joyce、一八八二年－一九四一年）の作品は、ウンベルト・エーコ（Umberto Eco）のことばを借りれば、「開かれた作品」である。エーコは、カールハインツ・シュトックハウゼン（Karlheinz Stockhausen）らの二十世紀の新しい音楽を例に挙げて、「開かれた作品」を次のように説明する。

> ……これらの新しい音楽作品は、完結した一定のメッセージにおいて存するのでも、一義的に組織された形において存するのでもなく、解釈者に委ねられた様々な組織化の可能性において存するのであり、それゆえ、一つの所与の構造的方向で再生され理解されることを求める完成した作品としてではなく、解釈者によって美的に享受されるその瞬間に完成される開かれた作品として提示されるのである。（三十六、省略は筆者）

ここで示されている「開かれた作品」とは、解釈者（文学作品であれば読者）による自由な解釈によってはじめて成り立つ作品ということになる。本書は、ジョイスの作品がさまざまな解釈に向かって「開かれた作品」であるというエーコの考え方に基づいて、作品の新たな読みの可能性を提示するものである。

新たな読みのために念頭に置いたのが「テクストの拡がり」という考え方である。本書ではジョイスのテクストについて三つの「拡がり」を考えてみた。一つめが「他の文学テクストへの拡がり」である。これは「インターテクスト」と呼ばれているものと同じ意味で、『ユリシーズ』（*Ulysses*）のようなジョイスのテクストが、先行する他の文学テクストとどのように関わっているのかという問題である。二つめは「絵画への拡がり」である。ジョイスのテクストから想起される視覚的イメージと画家たちがカンバス上に描いたイメージとの関わりがテーマになる。三つめは「歴史への拡がり」である。ジョイスの作品では、しばしば「歴史はいかに書かれているのか」という歴史記述や歴史観の問題が取り上げられている。歴史の問題について、とくに『フィネガンズ・ウェイク』（*Finnegans Wake*、以下『ウェイク』と略す）を取り上げて考えてみたい。

ジョイスにおける「インターテクスト」について、次の三つのあり方を考えることができる。第一に、ジョイスが他のテクストとの関係について友人に語ったり、手紙に書いたりして、テクスト間の関連性、すなわち、「インターテクスチュアリティ」を「公言」している場合である。この例としてもっとも明らかなのは、もちろん『ユリシーズ』とホメロス（Homer）の叙事詩『オデュッセイア』（*Odyssey*）の関係で、リチャード・エルマン（Richard Ellmann）が著わした『ジェイムズ・ジョイス伝』（*James Joyce*）には、ジョイスが一九一八年に「今『オデュッセイア』

に基づく話を書いているが、現代人の生活の十八時間を扱っている作品だと話した」(Ellmann, 1982, 435)ことが記されている。『ウェイク』第二部第四章とフランスの中世文学研究者ジョセフ・ベディエ(Joseph Bédier)が整えた「トリスタンとイゾルデ」(*Tristan et Iseult*)の物語との関係についても、ジョイスは一九二六年六月七日付の手紙のなかで触れている(*L* I, 241)。

第二のあり方は、ジョイスがテクストのなかで別のテクストの作者名や題名に触れたり、別のテクストから引用している場合である。この場合は、ジョイスの伝記や手紙に「インターテクスト」についての記録が必ずしもあるとは限らない。そこで、読者はこれらの別のテクストへの言及について詳しく知るために「注釈書」を参照することになる。『ユリシーズ』についてはドン・ギフォード(Don Gifford)らによる『「ユリシーズ」注解』(Ulysses *Annotated*)が、『ウェイク』についてはローランド・マックヒュー(Roland McHugh)の『「フィネガンズ・ウェイク」注解』(*Annotations to* Finnegans Wake)が、「注釈書」の決定版となっている。『「ユリシーズ」注解』の巻末にある索引を一目見れば、ウィリアム・シェイクスピア(William Shakespeare)をはじめ、おびただしい数の英米文学の作家や作品の名前、聖書各書の題名が並び、ジョイスのテクストがいかに多くのテクストとの関わりのなかで編まれたものであるかを実感することができる。

第三のあり方は、別のテクストとの関わりについて、ジョイスがテクストではっきり示していない場合である。この場合は、読者はテクストを綿密に読むことによって、別のテクストとの関係の可能性を探り出すことになる。たとえば『ユリシーズ』の巻末に近い第十六挿話を細かく読んでいくと、ダニエル・デフォー（Daniel Defoe）の『ロビンソン・クルーソー』（*Robinson Crusoe*）のテクストとの間に密接な関係があることが浮かび上がってくる。[1] しかしながら第十六挿話のテクストに現われるのは、「ロビンソン」（"Robinson"）（*U*16.538）がイングランドの「平均的男性」（"the average man"）（*U*16.537）の名前の例として、一度出てくるだけである。

本書では、「テクストの拡がり」という観点から、この「インターテクスト」の第三のあり方に注目する。これはそれぞれの読者が発見していく他のテクストとの関係性である。ただし、これは単なる思いつきによるものであってはならない。この関係性を論証するためには、テクストの精読のみならず文化的、歴史的背景にも目を配る必要がある。本書で論じる絵画作品との関係も、この三番めのカテゴリーに入ることになる。

本書の第一部は、「テクスト／インターテクスト」とし、『ユリシーズ』第十挿話について、衣服に関する言及がテクストに数多くあることに着目して、トマス・カーライル（Thomas Carlyle）の『衣装哲学』（*Sartor Resartus*）のテクストとの関連性の考察を試みた論考、『ユリシーズ』第十二挿話について、視覚関係語彙に注目して、テクストから想起されるパノプティコン（一望監視施設）のイメージを論じた論考、『ユリシーズ』第十四挿話について、キーワードの一つである「牡牛」に注目して、この挿話と古代ギリシアの「牡牛崇拝」との関連性を論じた論考を収録した。

第二部「絵画への拡がり」は、これまでのジョイス研究があまり取り上げてこなかったテクストと視覚芸術との関連性を検討した。『ユリシーズ』のテクストと絵画の関係を説明した論考、および絵画に強い関心を抱いていたアイルランドの作家、ジョージ・ムア（George Moore）のテクストとジョイスのテクストとの関わりを論じた論考を収めた。

第三部「歴史への拡がり」では、『ウェイク』における歴史の問題、とくに歴史がどのように書かれるかという問題に注目した。『ウェイク』のうちクリミア戦争をテーマにした第二部第三章、トリスタンとイゾルデの物語に関わる第二部第四章、アイルランドの守護聖人である聖パトリック（St. Patrick）を取り上げた第三部第三章のそれぞれについての論考三本を配置した。

ジョイスにおける「テクストの拡がり」が本書のテーマであるが、「拡がり」を考える以上は、「拡がりの中心」にあるものも心得ておくのがよいかもしれない。ジョイスのテクストをとおして共通のテーマとなるものは、『若き日の芸術家の肖像』（*A Portrait of the Artist as a Young Man*）の主人公、青年スティーヴン・ディーダラス（Stephen Dedalus）が口にする台詞、「君はぼくに国民国家とか言語とか宗教について話してくれるね。ぼくはこれらの網をすり抜けて飛び立つのさ」（"You talk to me of nationality, language, religion. I shall try to fly by those nets."）（*P* 5.1049-50）にあるように思われる。ジョイスは、この台詞のなかにある国家、言語、宗教のあり方の問題を、あとに続く作品でも取り上げている。創作が『ユリシーズ』を経て『ウェイク』へと発展していくなかで、これらのあり方の問題は、アイルランド、さらにはヨーロッパの域を越え、より普遍的なものとして、読者に提示される。

国家、言語、宗教のあり方という問題のさらにその中核にあるものは何か、ということを考えるために、『ユリシーズ』に注目してみよう。『ユリシーズ』は、一九〇四年六月十六日のダブリンの一日を、青年スティーヴンと中年男レオポルド・ブルーム（Leopold Bloom）の思いや行動をとおして描いた大きな作品である。当時のカトリック教会は二人の批判の対象になっているが、なかでもスティーヴンが第九挿話で口にする「教会が不動のものとして築かれたのは、世界すなわち大宇宙や小宇宙と同じく空虚《ヴォイド》の上に築かれたからなのです。不確実なものの上に、あり得ないことの上に築かれたのです」（"the church is founded and founded irremovably because founded, like the world, macro and microcosm, upon the void. Upon incertitude, upon unlikelihood."）（*U* 9. 840-42）は、『ユリシーズ』の世界を読みとくための根幹をなす台詞である。スティーヴンのこの台詞は、新約聖書のマタイによる福音書に書かれている、イエスが弟子の聖ペトロに述べたことば、「わたしも言っておく。あなたはペトロ。わたしはこの岩の上にわたしの教会を建てる。陰府《よみ》の力もこれに対抗できない」（"And I say also unto thee, That thou art Peter, and upon this rock I will build my church; and the gates of hell shall not prevail against it."）（Matthew 16:18）をもとにしたものである。スティーヴンは聖書のこの箇所をもじって、教会が岩の上ではなく空虚《ヴォイド》の上に築かれたものであると述べて、その不確実性を主張したのである。「空虚《ヴォイド》」（void）という語は、『ユリシーズ』において八回（"voided"を含めると九回）現われ、この作品の世界を表わす代表的な語となっている。

「空虚《ヴォイド》」（void）は、引き続き『ウェイク』においてもキーワードとなっている。このままの形で『ウェイク』に四回現われるが、それ以外にも他の語と合成されて現われている場合もある。その例が"In the buginning is the void"（*FW* 378.29）で、大澤正佳が『ジョイスのための長い通夜』で「はじめの虫に空言あり」と訳した箇所である（九一）。ここではヨハネによる福音書にある「初めに言《ことば》があった」（"In the beginning was the Word"）（John1:1）がもじられている。聖書のなかでもあまりにも有名なこの一節は、世界は神の言《ことば》、すなわちロゴスにはじまった、言《ことば》はすなわち神であり、この世界の根源に神が存在するという意味である。『ウェイク』のこの箇所について、大澤は次のように解説している。

この作品の中心人物 Humphrey Chimpden Earwicker は earwig つまり bug であり、すべての人 (Here Comes Everybody) である。彼のなかにあるのは、はじめにあった the Word ではなく、小文字の word ですらない。それは the word と the void がもつれ合い、奇妙な形にかたまってしまった the void, つまりは空言《そらごと》なのである。虫に似た人間の空言は、はじめにあった the Word の創造力を取り戻しうるであろうか。(九一)

大澤による解説に出てくるハンフリー・チムデン・イアウィッカー (Humphrey Chimpden Earwicker) は『ウェイク』の重要な登場人物である。彼はその頭文字ＨＣＥでしばしば表わされ、ときにはノルウェイの船長になったり、またあるときにはロシアの将軍になるなど、さまざまな役割が与えられている。

「空虚《ヴォイド》」に注目して独自の『ユリシーズ』論を展開しているのが、マリリン・フレンチ (Marilyn French) の『世界としての本』(*The Book as World*) である。フレンチは、教会のみならず、たとえば言語も、それが恣意性に基づくシステムである以上は、やはり何らかの根拠の上ではなく、

「空虚」の上に築かれているものであり、その意味では言語を素材につくられた文学作品も同様である（112）と述べている。このように考えたとき、ジョイスが「空虚《ヴォイド》」という語を用いた意図は、カトリック教会の批判というよりも、もっと大きな社会全体のシステムのあり方を問題視するためであるように思われるのである。

ジョイスが描くのは、世界の中心だと考えられてきたものが実は「空虚《ヴォイド》」の上にあったという世界である。精神的な拠りどころを喪失してしまったこのような世界において、人々はどう生きるべきなのであろうか。それを知るための手がかりとして、シャーロット・ブロンテ（Charlotte Brontë、一八一六年―一八五五年）の『ジェイン・エア』（*Jane Eyre*）を見てみよう。次の引用は、ジェインが愛するロチェスター氏の魂の叫びを心のなかで聞いて、遠く離れたところに住む彼のもとに戻ることを決意する場面、まさに作品中のクライマックスである。

わたしは、何も見はしなかった。しかし、どこかで、ある声が叫ぶのを聞いた――「ジェイン！　ジェイン！　ジェイン！」と、ただそれだけであった。……「いま行きます！」とわたしは叫んだ。「お待ちください！　行きます！」わたしは入り口へ飛んで行って廊下を見渡した。真っ暗だった。わたしは庭へ走り出た。そこも空虚だった。(2)

I saw nothing: but I heard a voice somewhere cry—'Jane! Jane! Jane!' nothing more. . . .
'I am coming!' I cried. 'Wait for me! Oh, I will come!' I flew to the door, and looked into the passage: it was dark. I ran out into the garden: it was void.（357-58、省略は筆者）

このときのジェインの心はロチェスター氏への思いでいっぱいだったに違いない。しかし庭に出てみたとき、当然のことながらそこにロチェスター氏が立っているわけではない。そのときのジェインの心境が「空虚《ヴォイド》」という語によって表現されている。

「空虚《ヴォイド》」は『ユリシーズ』においても『ジェイン・エア』のこの箇所とよく似た意味で用いられることがある。第十三挿話において、浜辺でもの思いにふける娘、ガーティ・マクダウエル（Gerty MacDowell）の満たされない片思いの気持ちは、「心のなかでときどき芯まで届くような、どんより痛む虚ろ《ヴォイド》な思い」（"that dull aching void in her heart sometimes, piercing to the core"）（*U* 13 136-37）と表わされており、やはり「空虚《ヴォイド》」によって表現されている。

「教会は空虚《ヴォイド》の上に築かれた」というのは世界について述べた大きな台詞であるが、これに対して、満たされない恋心を示す「空虚《ヴォイド》」は個人の小さな思いである。ジョイスは、世界についても個人についても同じ語を用いることによって、人間存在の拠りどころを探ろうとしているのではないだろうか。

本書はジョイスのテクストの拡がりについての論考を収録したが、第一部、第二部、第三部それぞれのなかの一つの章が思いもかけずに、「教会は空虚《ヴォイド》の上に築かれた」という同じ箇所に行きつくことになってしまった。ジョイスのテクストに取りくむということは、テクストの中心（と想定されるもの）と拡がりの往還であり、同時にテクスト全体と細部の往還であることをあらためて実感している。

註

（1）『ユリシーズ』の主人公である中年男レオポルド・ブルームが泥酔した青年スティーヴン・ディーダラスを助けて自宅に連れて帰るという筋は、ロビンソン・クルーソーが原住民の若者フライデーを救出し、最後にはイギリスに連れて帰るという筋に対応する。また、歴史／物語における事実／虚構の問題は、『ロビンソン・クルーソー』と第十六挿話に共通する重要な問題である。これらをもとに作品細部にさまざまな対応関係が見られる。
（2）『ジェイン・エア』の翻訳文には、大久保康雄訳を一部変更して用いた。

第一部　テクスト／インターテクスト

若き日のジェイムズ・ジョイス

第一章　ジェイムズ・ジョイスの「衣装哲学」

――『ユリシーズ』第十挿話について

ジェイムズ・マクニール・ホイッスラー《灰色と黒のアレンジメント第二番　トマス・カーライルの肖像》，1872 年，グラスゴー市美術館

はじめに

『ユリシーズ』第十挿話、いわゆる「さまよえる岩」(Wandering Rocks) は、冒頭から結末にいたるまで、登場人物の衣服や装身具の描写に満ちあふれている。この挿話の冒頭は、「修道院長、ジョン・コンミー尊師は、司祭館の階段を降りながら、すべすべした懐中時計を内ポケットのなかに入れ直した」(*U* 10.1-2) という、コンミー神父 (Father Conmee) が懐中時計を内ポケットに入れ直す場面にはじまっている。他方、この挿話の結末では、たくさんのダブリン市民がアイルランド総督ダドリー伯 (earl of Dudley) 一行のパレードを見物する様子が描かれている。総督は見物人に会釈を返していくが、その最後の場面では「閉じていくドアに飲みこまれるアルミダーノ・アルティフォニの丈夫なズボンの挨拶に……会釈を返した」(*U* 10.1278-82、省略は筆者) と、見物人の一人音楽教師アルティフォニのズボンに会釈を返すことで締めくくられている。

この挿話は、身につけている衣服や装身具によって、登場人物が描かれるという表現上の特徴を有している。このことについて、トレヴァ・ウィリアムズ (Trevor Williams) は、「『さまよえる岩』において身体は単にその衣服へと帰せられうるものである」(272) と指摘した上で、人物が身体よりもむしろ着用している衣服の描写によって示されているのは、疎外感が漂う社会のなかで、人々が互いに分断され、自分の身体までもがどこか別の場所にあるような様子を描いているのだと説明している（272）。これは確かに正しい指摘であろう。しかしこの挿話の衣服や装身具についての詳細な言及は、アンドリュー・ギブソン（Andrew Gibson）が、「この章が衣服に夢中になっていること」（38）と端的に表現しているように、挿話全体で終始徹底していている。そのため、衣服の描写すべてを、ただ単に、「人物同士の疎遠化を表現するため」と説明するのは難しいように思われる。

本挿話の衣服をめぐる過剰なまでの描写は、いったい何のためなのであろうか。この問題を考えるためのヒントとなるのが、衣服を比喩として人間社会を論じたトマス・カーライル（一七九五年―一八八一年）の諷刺的評論『衣装哲学』である。『衣装哲学』は、最初に月刊誌『フレイザーズ・マガジン』（*Frazer's Magazine*）での連載として、一八三三年から一八三四年にかけて発表された（向井、一九八七、七七―七九）。ジョイスが『ユリシーズ』の執筆を開始するのが一九一四年であるので、『衣装哲学』は、それより約八十年前に発表されたことになる。本章では、カーライルのこの代表作を手がかりにして、ジョイスが第十挿話で用いた数多くの衣服への言及の意義について明らかにしたい。

ジョイスのテクストにおけるカーライルの『衣装哲学』への言及

ジョイスは明らかにカーライルを熟読していた。このことは、『ユリシーズ』第十四挿話一三九一行―一四三九行がカーライルの文体のパロディーになっていることや、『フィネガンズ・ウェイク』（以下『ウェイク』と略す）に現われる『衣装哲学』の引喩からも容易に想像がつく。スコット・クライン（Scott Klein）によると、『ウェイク』におけるカーライルの明瞭な引喩は、以下のとおりである。カーライルという名前は"carlysle touch"（*FW* 517.22）となり、*Sartor Resartus* は"sartor's risorted"（*FW* 314.17）とされている。さらに『衣装哲学』の主人公のトイフェルスドレック（Teufelsdröckh）教授の名前は、"Tawfulsdreck"（*FW* 68.21）となって現われている(162-63)。ヴィッキ・マハフィ（Vicki Mahaffey）は、ジョイスとカーライルの関わりを論じる際に、トイフェルスドレック教授が披露する彼の哲学を次のように解説している。

『衣装哲学』では、トイフェルスドレックによる衣服の哲学全体の目的は、われわれの地上における関心事は、「すべてホックやボタンをかけられ、衣服によってまとめられている」（第一巻、第八章）という大きな命題を証明することである。トイフェルスドレックは、われわれが知るところの世界は完全に衣服によって構成されており、自然、言語、社会はすべて、他の触知しにくい現実のための「衣装」の役割を果たしていることを示し続ける。このような「衣服」は第一に結びつきを生じさせるものなのである。社会的なことばでは、「ホックとボタン」はコミュニケーション、そしてコミュニティまでもの可能性を表わしているのだ……（162-63、省略は筆者）

マハフィの解説も参考にしながら、『衣装哲学』で、トイフェルスドレックが主張している衣服の役割を要約すると次の三点にまとめられる。

第一に、マハフィが取り上げているように、「人間のこの地上における関心事は、すべてホックやボタンをかけられ、衣服によってまとめられている」ということである。衣服は、人々をつなぎとめ、社会をつくる役割を果たしているのである。

第二に衣服が人間の魂を包み込んでいるということである。『衣装哲学』第一巻第十章でトイフェルスドレックは、「通俗論理の眼にとって人間とは何か？　ズボンをはく雑食性の二足動物である。純粋理性の目にとって人間とは何か？　霊魂、精神、そして神の現われである。

羊毛のぼろ切れの下にある神秘的な自我の周りを、天上の織機で織りあわせられた肉体（または五感）の衣類が包んでいる」[1]（1987, 51）と述べ、人間の魂が肉体という衣服によって包まれ、さらに衣服に覆われていることを説明している。

第三に、衣服が象徴であるということである。これについてトイフェルスドレックは、第一巻第十一章で、

したがって、衣服は、われわれが思うだけ卑しいものであっても、言いようのないほど意味深いものである。衣服は、王様の外套をはじめとして、象徴的なものである。欠乏についてだけではなく、欠乏に対する多種多様な巧妙な勝利を象徴している。他方、あらゆる象徴的なものは、思想で織られたにせよ、手で織られたにせよ、本来は衣服である……（1987, 56、省略は筆者）

と述べ、さらに、

「人間は、本来、権威、美、呪い、およびその他のものをまとっていると言われているが、

正しくそのとおりである。いや、考えてみれば、人間そのもの、そして人間のこの世での生活全体も、象徴以外の何であろうか……？（1987, 57、省略は筆者）

と続けている。トイフェルスドレックが主張する衣服の役割を一言で言えば、衣服は人間の魂を包むと同時に、人間自身を表わす象徴であり、それによって人と人とがつながり、社会が築かれているということになる。

ジョイスは、第十挿話で登場人物をどのように描いているのだろうか。カーライルの『衣装哲学』を念頭に置いて、人物の描写を具体的に見てみよう。

『衣装哲学』とコンミー神父の描写

『ユリシーズ』第十挿話は、コンミー神父の行動を細かく描くことにはじまる。神父は、所用のため司祭館からダブリン北東郊外のアーテインへと歩いている。彼は、道すがら出会った人々に挨拶を交わす。人物の行為が、衣服や装身具で表現されるというこの挿話の特徴は、コンミー神父の描写にも見られる。たとえば、神父が顔見知りの国会議員夫人に会ったあとの別れぎわの挨拶は、「コンミー神父は、別れ際に、夫人が被るマンティラの陽光で黒光りする漆黒のビーズに向かって、シルクハットを持ち上げて、微笑んだ」（U 10.30-31）と描かれ、神父が、夫人ではなく、夫人が身につけている黒玉の玉飾りに挨拶する様子が描かれている。

コンミー神父の挨拶が、人ではなく、装身具に向かってなされることは、一見、トイフェルスドレックの「衣服が人々をつなぐ」という持論を具現化しているようにも思われる。しかしながら、ジョイスのコンミー神父の描写はそれほど楽観的なものではない。マリリン・フレンチが、「コンミーは、計算高く世俗的で、審美的な似非紳士《スノッブ》だ」（119）と評しているように、彼の人格にはいくつかの問題がある。もっとも大きな問題は偽善である。ジョイスは、穏やかにそして確実にコンミー神父の偽善性をあばきながら筆を進めている。神父は、戦争で一本足となった水兵が金を無心するのに対して、祝福は与えようとはするものの、金は与えようとはしない。このことは、国会議員夫人に会う前に、すでに明らかにされている。あらかじめコンミー神父の人格を知っていれば、神父の挨拶は、人々の心をつなぐようなものではないことが判明する。トイフェルスドレックの「衣服が人々をつなぐ」という持論は、本挿話冒頭のコンミー神父の描写には、まったく当てはまらず、その結果、強いアイロニーを生み出している。

コンミー神父は、人種差別にも似た浅はかな考えを抱いている。彼は、黒人の扮装をした歌手のポスターから、洗礼を受けていない有色人種の人々の魂に思いを馳せ、そして彼らが地獄の落ちると信じ、そのことを哀れんでいる。

コンミー神父は、黒色と茶色と黄色の人々の魂について、イエズス会士聖ペドロ・クラベルとアフリカ伝道についての自分の説教について、信仰の普及について、そして、夜の盗人のように彼らの最期の時が到来するときに洗礼の水を授かることがなかった何百万人もの黒色や茶色や黄色の魂について、思い巡らした。ベルギー人のイエズス会士が著わしたあの書、『選ばれた者の数』は、コンミー神父にはもっともな申し立てであるように思われた。これらは神様がご自分のお姿に似せて創られた何百万もの人間の魂ではあるが彼らの信仰が（D・V）もたらされることはなかった。しかし彼らもまた神様が創られた神様の魂なのだ。彼らすべての魂が救われないこと、いわば空しい不要物となるのはコンミー神父にとって残念に思われた。（*U* 10.143-52）

コンミー神父は、人々の魂を救済する立場にありながら、肌のなかにつつまれている人間の魂のあり方について誤った考えを抱いている。この箇所には、「肌の色が西洋人とは異なっていればその魂も救われない」という偏見に満ちた彼の優越感を読みとることができる。

第十挿話の枠組みは、当時のダブリンの基盤となっている二つの秩序、すなわち、カトリック教会と大英帝国を、それぞれコンミー神父とダドリー総督に代表させることで、作られている。カーライルは、『衣装哲学』第三巻第二章で教会や宗教のもつ社会の基盤としての意義を重視し、トイフェルスドレックの主張をとおして、次のように述べている。(2)

> そうであるからこそ、私は、教会服はまず社会によって紡がれ織られ、外面上の宗教は社会に端を発し、社会は宗教によって可能となると、述べたのである。いや、おそらく、考えることができるあらゆる社会は、過去のものでも現在のものでも、本来は全面的に、次の三つの状態のいずれかにある教会であると想像して間違いはないのである……(1987, 163、省略は筆者)

カーライルは、すなわち、教会服とは社会によって織られる宗教の理念を体現するものであり、社会は宗教によって可能となるものだと主張しているのである。

ただし、カーライルは、この章の後半で、現代社会における教会の腐敗ぶりも指摘している。

教会服はうわべだけのものになっているというのである。

「一方で、われわれの時代の世界では、その教会服というものは悲しくも肘のところですり切れてしまっている。いや、さらに悪いことに、教会服の多くはただの空ろな外形あるいは仮面になってしまっており、その下に、もはや生きている人間も精神も住みついてはいないのだ……（1987, 164、省略は筆者）

カーライルは、さらに、聖職者は、「えせ聖職者」（Sham-priest）に堕してしまっていると指摘している。

聖職者、すなわち神の通訳者は、あらゆる人間のなかでももっとも高貴で高尚な者であるが、えせ聖職者はもっとも虚偽で卑しい者なのである。えせ聖職者の法衣は、それが教皇の三重冠であっても、いつかはぎ取られ、人類の傷のための包帯になるか、一般の科学的目的または炊事のために焼いて火口にされるのは疑いない。（1987, 164）

ジョイスによるコンミー神父の描写には、偽善的な「えせ聖職者」の面が読みとれるのではないだろうか。

洒落者と貧困者

カーライルは、『衣装哲学』の第三巻第九章から最終章にかけて、社会批判をさらに展開させていく。そのときに、貧富の格差を、洒落者(Dandy)とアイルランドの貧困者を対比させることによって鮮明に描いている。第三巻第十章の冒頭でカーライルは、洒落者を次のように定義している。

> はじめに、洒落者《ダンディ》について、科学的な厳密さで、洒落者《ダンディ》とはとくに何なのかを考えてみよう。洒落者《ダンディ》とは衣服を着用する人間、衣服の着用にその職業、任務、生存がある人間のことである。彼の魂、精神、財布、人格のあらゆる能力は、この一つの目的、衣服を賢く上手に着用することに英雄的にささげられている。そのため他の人々は生きるために服を着るのに、彼は服を着るために生きるのである。(1987, 207)

この引用のあとで、カーライルは、「おしゃれ貴族《ロード・ヘリングボーン》は、背広と、ワイシャツや靴を同じ黄茶色《スナッフブラウン》に揃えて、おしゃれ振りを見せるかもしれない」(1987, 208) と述べているが、こうした典型的な洒落者が『ユリシーズ』第十挿話で数名登場している。

コンミー神父が道を歩く描写のなかに、一時的に挿入されているダンス教師のデニス・マギニ (Denis Maginni) の姿を見てみよう。

ダンス等の師範、デニス・J・マギニ氏は、シルクハット、絹の縫取り、青灰色のフロックコート、白いカーチーフ・タイ、薄紫色のぴったりしたズボン、明るい黄色の手袋と先のとがったエナメル革のブーツという装いで、重々しい態度で歩いていたが、ディグナム・コートの角でレディー・マックスウェルとすれ違ったときには、たいへんうやうやしく縁石のほうへ寄った。(*U* 10. 56-60)

オスカー・ワイルド(Oscar Wilde)も好んだという黄色の手袋やエナメル靴など、いかにもダンディという姿の過剰なまでの描写は、一人の人物を人柄や内面ではなく、衣服で表象するという、この挿話の特徴を明確に示している。黄色は、当時の洒落者が好んだ色なのであろう。貧乏な文学青年スティーヴンの裕福な友人であるマラカイ・マリガン（Malachi Mulligan）も「淡黄色《プリムローズ》のベスト」（*U* 10.1065）を着用している。この日に、主人公ブルームの妻で歌手のモリー（Molly）ことマリオン（Marion）が浮気をする相手のヒュー・ボイラン（Hugh Boylan）も正真正銘の洒落者である。彼も「新しい黄褐色《タン》の靴」（*U* 10.307）を履いている。彼は「身なりにお金をかけ放題」（*U* 10.330）なのである。

このような正真正銘の洒落者を模倣する人物もいる。その代表が紅茶輸入商会の社員であるトム・カーナン（Tom Kernan）である。彼は、お気に入りの中古のフロックコートを身にまとって、「正装が物を言うのさ。まっとうな身なりにまさるものなしだ」（*U* 10.738-39）、と心のなかで呟き、外見を絶えず気にしながらダブリンの通りを闊歩している。この日は、ダブリン総督のパレードがあり、多くの人々が上流階級の豊かな暮らしぶりを一目見ようとしている。それと同時に、人々は、自分や他人のファッションを過剰なまでに意識している。このことは、あまり裕福ではない者にもあてはまる。貧しい弁護士で歌手のベン・ドラード（Ben Dollard）は、たるんだモーニングとだぶだぶのズボンをはいて、気取って歩いている。そして、服装をスティーヴンの父親のサイモン・ディーダラス（Simon Dedalus）に冷やかされると、「景気のいいときには、たくさんの服を着古したものだ」（*U* 10.911-12）、と応えている。

裕福な洒落者とは対照的なのがアイルランドの貧困者である。カーライルは、『衣装哲学』第三巻第十章で、彼ら貧困者について、次のように説明し、十九世紀初期のイギリス人が抱いたアイルランド人に対するステレオタイプを提示する。

……イングランドでは彼らアイルランド人は一般に苦役派、また非哲学的なことに白色黒人と呼ばれており、また他の宗派の者からは主に軽蔑的にぼろ布乞食派とも呼ばれている。（1987, 212、省略は筆者）

カーライルは、さらに、同じく第十章で、アイルランド貧民の生活実態について、旅行者の手記を引用する形で詳しく描いている。

この木賃宿の家具はと言えば、大きな鉄の深鍋、二つのオークのテーブル、二本の長椅子、二つの椅子、密造酒の入ったジョッキであった。階上には屋根裏部屋（梯子で上がる）があり、そこで居住者は眠った。階下の空間は柵で二間に分けられており、一部屋は牛や豚のため、もう一部屋は住人と客人のためであった。家屋に入るとすぐにわれわれは数にして十一名の家族が食事時であるのを目にした。父親は上座に母親は末席に座っていた。子どもたちは、じゃがいもが入った深鍋の中身を入れるために飼い葉桶のように真ん中がえぐれたオークの大きな板の両側に座っていた。(1987, 215)

『ユリシーズ』第十挿話では、アイルランドの多様な貧民が登場している。物乞いをする一本足の水兵や、だぶだぶの服を着ているベン・ドラード、そしてブルームが猥本を物色する貸本屋の店主などである。なかでも、ディーダラス家の貧困は、多面的かつ具体的に描かれている。サイモン・ディーダラスは、競売場の周囲をうろついている。当時は、家財道具を質に入れることが、数日分の生活費を稼ぐ手段になっていたが、それはその家の没落を示す行為であった(Gibson, 39)。そして、ディーダラス家では、娘ケイティ(Katey)が本を質に入れようと質店に行くものの、お金を貸してもらえず困っている。家には十分な食べ物がなく、子どもたちはひもじい思いをしている。鍋のなかで茹でられているのは、食べ物ではなく、おそらく熱湯消毒中のシャツなのである(*U* 10. 271-72)。

カーライルは、『衣装哲学』で、えせ聖職者、洒落者、アイルランドの貧困者という類型的な人物を提示したが、ジョイスは、第十挿話で彼らを具体的な登場人物として描写したと言える。

象徴としての衣服

すでに述べたように、『衣装哲学』の重要な考え方の一つが、「衣服は、王様の外套をはじめとして、象徴的なものである。……あらゆる象徴的なものは、思想で織られたにせよ、手で織られたにせよ、本来は衣服である」(1987, 56、省略は筆者) という考え方である。これは、「人間は、本来、権威、美、呪い、およびその他のものをまとっていると言われているが、正しくそのとおりである。いや、考えてみれば、人間そのもの、そして人間のこの世での生活全体も、象徴以外の何であろうか」(1987, 57) という見方に発展していく。以上の考え方は、『衣装哲学』第一巻第九章の次の箇所に、まとめて示されている。

「思索する読者よ、私には理由は二つあると思われる。第一に、人間とは精霊であって、目に見えない絆によってすべての人間と結びついていること。第二に、人間は、その事実の目に見える象徴である衣服をまとっているということである。赤い服を着た絞首刑執行人は、馬の毛のカツラ、リスの皮、そしてフラシ天のガウンを身につけており、それによってすべての人間は彼が裁き手であると知るのではないだろうか？——社会とは衣服の上に成立しており、私はそのことを考えれば考えるほど驚くのである。

"Thinking reader, the reason seems to me twofold: First, that *Man is a Spirit*, and bound by invisible bonds to *All Men*; Secondly, that *he wears Clothes*, which are the visible emblems of that fact. Has not your Red, hanging individual, a horsehair wig, squirrel skins, and a plush gown; whereby all mortals know that he is a JUDGE? ——Society, which the more I think of it astonishes me the more, is founded upon Cloth. （1987, 48）

ジョイスが描いた『ユリシーズ』第十挿話では、いたるところで身につけた衣服の描写によって登場人物が描かれており、そうすることで、人間と衣服、人間と象徴の関係が前景化されている。その結果、カーライルのこうした考え方をより具体的に示しているものとして読むことができる。

そのわかりやすい例の一つが、父親を亡くしたばかりのディグナム坊や（Master Dignam）の描写である。慣れない喪服を身につけているが、それだけで、喪中であることを表わす「目に見える象徴」(“visible emblem”)になっているのは、自明のことである。ディグナム坊やは、街中の婦人洋品店の窓のなかに、二人のボクサーのポスターと一人の喜劇女優のポスターを目にしている。ポスターに描かれた肖像は、生身の人間の代理となる表象(representation)となったものであるが、さらにこの洋品店の窓のなかには鏡が二つあり、その鏡にディグナム坊やが映ることで、彼自身も表象化されている。

両側の鏡から二人のディグナム坊やが黙って口をぽかんと開けていた。……坊やが向きを変えると左側の坊やも向きを変えた。喪服を着ているのはぼくだ。いつだったけ? 五月二十二日。まったく、もう終わっているんだ。坊やが右を向くと右側の坊やも向きを変えた。帽子は斜めで、カラーが突き出ていた。顎を上げて、ボタンをかけながら、彼は二人のボクサーのそばに、可愛い小間使い役女優マリー・ケンダルの姿を眺めた。(*U* 10.1132-42、省略は筆者)

カーライルがトイフェルスドレックの哲学をとおして提示する衣装哲学の思想について、向井清は、次のように解説している。

精霊としての人間の背後には宇宙を統括する神がいる。人間を含むすべての自然界は、神の顕現なのである。したがって、衣装哲学とは、宗教思想を文学的に表現したメタファーであって、衣装の奥底にある不可視の真実体を見抜くだけの洞察力を要する学問である。[3]

（二〇〇五、一〇〇―一〇一）

カーライルは、社会が衣装という象徴によって、築かれていることを指摘する一方で、その背後にある真実を見抜くことの重要性も指摘しているのである。

『ユリシーズ』第十挿話の登場人物は、衣服や装身具といった象徴をめぐって、その態度が二分される。ボイランやカーナンのように衣服で表面を被うことに夢中になる人物とスティーヴンのように、象徴の背後にある真実を読みとろうとする人物である。スティーヴンのこのような姿勢は、第三挿話の冒頭など『ユリシーズ』のさまざまな場面で見られるが、第十挿話では、次の箇所がわかりやすい。

スティーヴン・ディーダラスは、クモの巣がかかった窓越しに宝石細工師の指が古びてしまった鎖を検《あらた》めるのを見ていた。埃がかかりクモの巣がかかったショーウィンドウと陳列棚。猛禽類のような爪のある働き者の指が埃で黒ずんでいた。埃が、ブロンズや銀のくすんだ渦巻き、辰砂の菱形、鱗片で覆われた濃いワイン色の宝石の上で眠っていた。すべては地虫がわく暗い地中で生まれた。冷たい火の粒、暗闇のなかで輝く邪悪な光。そこに堕した大天使たちが額の星を投げ捨てたのだ。泥だらけの豚の鼻先が、手が、掘って掘って、それをつかんでもぎ取るのだ。(*U* 10.800-07)

この箇所で、スティーヴンは、宝石を装身具として捉えるよりも、それが地中に埋もれた石であったという本来の姿に目を向けている。これらの石は人間によって高価な価値を付与された結果、宝石と呼ばれるようになったのである。このように、スティーヴンは目に見えるものの背後に潜んでいる真の姿を真摯に読みとろうとしている。こうした彼の姿勢は、「肌の色が黒や茶や黄色」であれば「その魂は地獄に落ちる」と短絡的に考えるコンミー神父の姿勢とは正反対である。ただし、スティーヴンが、カーライルのように、目に見える象徴の背後に、「不可視の真実体」として「宇宙を統括する神」を見出だそうとしたかと言えば、そうではない。

この点が十九世紀初期を生きたカーライルと彼のおよそ九十年後を生きたジョイスの根本的な相違点となる。

『衣装哲学』と『ユリシーズ』の対比と類似

トイフェルスドレックは、すでに引用したように「社会は服地を基礎にして築かれている」という説を第一巻第九章で力説していた。それよりも前の第一巻第八章では、次のように述べたとされている。

彼は、「社会は衣服の上に築かれている」と、これだけの語で述べている。さらに「社会は、ファウストの外套の上のように、いやむしろ使徒の夢に現われる清潔な獣と不潔な獣が乗る敷布のような布地の上で、無限性のなかを航海する。そしてそのような布地や外套がないと底なしの深淵に沈むか、空虚な中間地帯に昇ってしまって、いずれにせよ存在しなくなるのだ」とも言う。

He says in so many words, "*Society is founded upon Cloth;*" and again, "Society sails through the Infinitude on Cloth, as on a Faust's Mantle, or rather like the Sheet of clean and unclean beasts in the Apostle's Dream; and without such Sheet or Mantle, would sink to endless depths, or mount to inane limbos, and in either case be no more."（1987, 41、強調は筆者）

この引用で、カーライルは、トイフェルスドレックをとおして、「社会は服地を基礎にしていて、服地がなければ、社会は無限の深みに沈む」と述べている。このように考えるカーライルは、人間の背後には宇宙を統括する神の存在を見ようとしていた。

ジョイスが描く『ユリシーズ』の世界では、このような神の存在を見出だすことは難しい。第十挿話で、極貧の生活が描かれているディーダラス家の娘のブーディ（Boody）は、「天にましまさないわれらの父よ」（*U* 10. 291）と呟いている。兄のスティーヴンは、すでに第九挿話で「教会は空虚《ヴォイド》の上に築かれた」（"the church is founded . . .upon the void"）（*U* 9. 840-42）と述べていた。彼の台詞は、カーライルの「社会は衣服の上に築かれている」（"Society is founded upon Cloth"）（1987, 41）という主張と興味深い関係にある。[4] それでは、神も救いも見出だすことができない『ユリシーズ』の世界に希望はあるのだろうか。

第十挿話には、以上に述べてきたもの以外にも、衣服や装身具についての多数の言及がある。それは、この挿話に現われる歴史的な事件や他の文学作品にも及んでいる。たとえば、一五三四年にダブリンで起こった大規模な反英レジスタンスである絹衣《シルキン》のトーマス（Silken Thomas）の乱への言及（*U* 10.407-09）があるが、「絹衣《シルキン》の」という名称は、トーマスの家来の武装兵が絹の縁取りをした上着を着用していたことに由来している（波多野、九六）。他の文学作品への言及の代表例は、ボイランの秘書でタイピストのミス・ダン（Miss Dunne）が図書館から借りているウィルキー・コリンズ（Wilkie Collins）作の『白衣の女』（*The Woman in White*）への言及（*U* 10.368-72）であるが、ここでは作品の題名を含めた作品自体が衣服への言及になっている。

『ユリシーズ』の第十挿話で主人公レオポルド・ブルームは、妻のために街中の貸本屋で猥本を探す様子が描かれている。彼の姿は、きらびやかな洒落者たちとは対照的に控えめに描かれており、単なる「黒い背中の姿」（*U* 10.520-21）として、この挿話に登場する。彼が選んだのは、『罪の甘い歓び』（*Sweets of Sin*）（*U* 10.606）という本で、そのとき偶然開けたページには「夫がくれるドル紙幣はすべて店で見事なガウンやフリルのついた高価な下着に使われた。彼のために！ラオルのために！」（*U* 10.608-09）と書かれていた。ここに描かれているのは、夫を欲情させるためにガウンや下着に凝る妻の姿である。『ユリシーズ』第十挿話では、衣服について多くの言及があるものの、カーライルの述べた「衣服が人々をつなぐ」様子は描かれなかった。それをあえて見出だすとすれば、下着によって欲情する男女の姿が描かれている『罪の甘い歓び』からのこの引用においてである。この猥本の意義について、クライヴ・ハート (Clive Hart) は、ブルームの一日の旅のゴールであると指摘している (1974, 187)。人と人とが真の心の結びつきをもつことのできないダブリンで、ブルームが唯一救いの場を求めるとすれば、それは妻のモリーとの関係の修復においてである。『罪の甘い歓び』は、ブルームにとって、妻との関係を取りもどすための唯一の手段なのである。

これまで、『ユリシーズ』の第十挿話を中心に『衣装哲学』との関連性を考察してきたが、『ユリシーズ』全体に目を向けながら、さらに二つの関連性を指摘しておきたい。一つは、『衣装哲学』の主人公のトイフェルスドレック教授は、『ユリシーズ』の主人公のレオポルド・ブルームといくつかの共通点を有していることである。二人とも、住んでいる街のアウトサイダーで、どことなく謎めいた人物である。『衣装哲学』の第一巻第三章で、トイフェルスドレックの人物像は、次のように詳しく説明されている。

彼は、ここではよそ者だった。いわゆる境遇の成りゆきによって、そこに流れついたのであった。彼の家柄、出生、将来の見とおし、学業については、好奇心をもつ人々が調査をしたが、きわめて不明瞭な返答で満足しなければならなかった。……賢人たちは、あたかも彼が父親や母親のような者がいない一種のメルキゼデクであるかのように、彼についてひそかに語った。ときどき、彼の歴史や統計についてのすばらしい知識や、はるかなる土地の出来事や風景を見てきたかのように生き生きと話すことから、彼らは彼のことを永遠のユダヤ人、あるいはわれわれの言い方では、さまよえるユダヤ人と呼んだ。（1987, 14、省略、強調は筆者）

この引用では、トイフェルスドレックは、メルキゼデク（Melchizedek）という旧約聖書「創世記」に出てくる祭司にたとえられ、さらに「さまよえるユダヤ人」（"Wandering Jew"）と呼ばれている。このことは、レオポルド・ブルームにもまったく同様にあてはまる。第九挿話で、マリガンは、ハンガリー系ユダヤ人のブルームのことを「さまよえるユダヤ人」（*U* 9.1209）と呼んでいるのだ。そして、第十七挿話では、ブルームのこの日の昼食について「腹の足しにならない昼食（メルキゼデクの聖儀）」（*U* 17.2047）と記されているのである。

もう一つの注目すべき関連性は、『衣装哲学』にとっても『ユリシーズ』にとっても「幸福な家庭」が、たいへん重要であるということである。向井は、カーライルの『衣装哲学』執筆直前の心境は、一八二九年に書かれた「我が家」("My Own Four Walls")という詩に書かれていると説明している(二〇〇五、九八)。七つのスタンザからなるこの詩の第三スタンザで、妻と家庭を得た喜びが次のように描かれている。

私も家と妻をもらった
降りかかる不運のすべてを燃やす暖炉もだ
これ以上何を求めることがあろうか
我が家にいると(5)

『ユリシーズ』の主人公であるブルームも、かつてはカーライルと同様に家庭の幸福感を味わっていた。第八挿話では、彼がかつて西ロンバート通りに住んでいた頃、妻モリー、娘ミリー(Milly)ことミリセント(Millicent)と一緒にもっとも幸福な時期を味わっていたときのことを回想する様子が描かれている。

幸せ。あの頃はもっと幸せだった。居心地のよい小部屋で赤い壁紙。ドクレルの店で一ダース一シリングと九ペンス。ミリーをお湯で洗う夜。アメリカ製の石鹸をおれは買った。ニワトコの花の香り。(*U* 8.170-73)

ブルームが、『罪の甘い歓び』を妻に提供しようとしているのは、何とか再び幸福な家庭を取りもどせないかと模索しているからなのである。カーライルが「幸福な家庭」の満足感を味わっているなかで、『衣装哲学』の内容を育んでいったのに対し、『ユリシーズ』の主人公をとおして描かれる重要なテーマが「幸福な家庭」を取りもどすことであるという点は、たいへん興味深い。「幸福な家庭」は、『衣装哲学』の出発点であり『ユリシーズ』のゴールとして探し求められている場所なのである。

カーライルとカーライル橋

以上のように、『衣装哲学』と『ユリシーズ』の間には多くの共通点や関連性が認められる。『ユリシーズ』のとりわけ第十挿話は、衣服や装身具に関するおびただしい数の言及があるだけでなく、内容の上での共通点や対比すべき点があまりにも多い。こうしたことから、第十挿話は、「社会は衣服の上に築かれている」という理念に基づいて書かれた『衣装哲学』を換骨奪胎しようとしたものだと考えられるのではないだろうか。ここで注目すべきは、カーライルは人と人とをつなげるような服地とその背後にある神の存在を見ようとしていたが、ジョイスが描くダブリンでこうしたものを見出だすことはきわめて困難であったということである。このことは、第十挿話における両作品の対比のなかで、はっきりと浮かび上がってくるように思われる。

第十挿話には、『衣装哲学』および著者のトマス・カーライルに関する直接の言及はない。しかしそれに近いものを一つ見つけることはできる。トム・カーナンがリフィー川にかかる主要な橋の一つであるオコンネル橋（O'Connell Bridge）を「カーライル橋」（"Carlisle bridge"）（*U* 10. 747）と旧い名称で述べている場面である。[6]

橋のこの旧い名称は、トマス・カーライルの "Carlyle" のスペリングとは、異なってはいるものの、これまで見てきた『衣装哲学』の著者を思い起こさせはしないだろうか。カーナンがこの橋を旧い名称で呼んだことについて、マーゴ・ノリス（Margot Norris）が「『カーライル橋』というカーナンによる時代錯誤的なオコンネル橋の名称は、トマス・カーライルへの言及を秘めたものなのである。彼の『衣装哲学』は社会的象徴や制度の哲学的批評を行なうために衣服

リフィー川にかかるオコンネル橋（田村　章　撮影）

オコンネル橋に掲げられたプラークには「カーライル橋」の名も記されている。（田村　章　撮影）

の隠喩を用いているのである」(210) と述べていることは、注目に値する。

われわれがこれまで見てきたことから、「カーライル橋」にトマス・カーライルへの言及を読みとろうとするノリスの指摘は、まったく的を射たものであると言えよう。

註

(1)『衣装哲学』の日本語訳は、宇山直亮訳を参考にした。

(2) 向井によれば、トイフェルスドレックはカーライルの理念を吐露するための伝達媒体として作り出された。向井、二〇〇五、九二―九三を参照。

(3) カーライルはもともと牧師を志してエジンバラ大学神学部で学んでいたが、教会組織に批判的になり、神学部を去って、聖職者になることを断念する。さらに数学、物理学、天文学などの科学分野を探究することにより、信仰に懐疑的になっていった。ただし神の存在という教義については否定していなかった (Cumming, 78、向井、二〇〇五、一九一―二〇)。

(4) スティーヴンのセリフである“the church is founded . . . upon the void”という箇所は、イエスがペテロに述べたとされる“And I say also unto thee, That thou art Peter, and upon this rock I will build my church” (Matthew 16:18) に基づいている。カーライルの“Society is founded upon Cloth”という箇所は、聖書とジョイスの両方との関係でたいへん興味深い。カーライルは、社会が築かれている衣服の布地の下には「底なしの深淵」が、布地の上には「空虚な中間地帯」があるとも述べている。「空虚《ヴォイド》」を含むスティーヴンの台詞は、カーライルのこうした考えに非常に近いように思われる。カーライルがキリスト教信仰に懐疑的になったことを重く見ると、ジョイスとカーライルは考え方を共有していたとも考えることができる。

（5）Alexander Carlyle, ed., *The Love Letters of Thomas Carlyle and Jane Welsh*, vol. 2 355. 日本語訳には、向井、二〇〇五、九七–九八に掲載のものを用いた。

（6）オコンネル橋の歴史的経緯については、J. W. De Courcy, *The Liffey in Dublin*. 275-78 に詳しい説明がある。

第二章　パノプティコンのような語りの空間

――『ユリシーズ』第十二挿話について

パノプティコンの構造をもつキルメイナム監獄（田村　章　撮影）

視ること、語ること、テクストを支配すること

『ユリシーズ』第十二挿話、すなわち片眼の巨人を相手に英雄オデュッセウス（Odysseus）が戦いを繰り広げるというギリシア神話の「キュクロープス」（Cyclops）のエピソードに喩えられている挿話では、視覚に関する言及がきわめて多い。『ユリシーズ』のなかで、第十二挿話はとくに長いわけではないにもかかわらず、"eye"や"blind"といった語は、この挿話にもっとも多く登場しているのである。視覚に関する語彙、たとえば、"eye"，"eyes"，"blind"，"sight"また動詞"see"，"watch"，"look at"，"behold"や"lo"は、この挿話でどのように用いられているのだろうか。この挿話の語り手はなぜ視覚にこだわるのだろうか。そしてこの視覚の問題は『ユリシーズ』のなかでどのように考えていくべきなのであろうか。本章では、第十二挿話の視覚に関する語彙を細かく見ていくことにより、この挿話の空間構造の特殊性を明らかにすることである。

この挿話のもう一つの重要な特徴は、名前が明らかにされず（nameless）、正体不明である三人の人物が絶大な力を握っているということである。この正体不明の三人とは、この挿話の二人の語り手、および「市民」（the Citizen）と呼ばれているアイルランド愛国者である。この挿話は、

舞台となるバーニー・キアナン（Barney Kiernan）の酒場に居合わせた人物がそこで起こった出来事を物語っていくことで進行していく。マリリン・フレンチは、この語り手を「現場の語り手」（In-Scene Narrator）と呼んでいる（141）。そしてもう一人の語り手は、「現場の語り手」の語りのなかに多様な文体のパロディーからなる三十三の挿入部分《インターポレーション》をあたかもコメントをつけるようかのように差し挟んでいく。フレンチはこの語り手を「場外の語り手」（Off-Scene Narrator）とし、「現場の語り手」と区別している（141）。本章では、この挿話の二人の語り手について、フレンチの呼称を用いて論じることにしたい。この挿話で、主人公レオポルド・ブルームは、次の二つのレベルで悪意に満ちた態度で接する敵と対峙することになる。酒場という物語の舞台のレベルでは、「市民」らアイルランド愛国者たちと対決し、そして語り手による語り方というテクストのレベルでは、ことばによる支配に苦しめられることになる。

第十二挿話の語りは、「現場の語り手」によって、次のようにはじめられる。

> 俺が、そこのアーバーヒルの角っこでダブリン首都警察のトロイ爺さんと暇をつぶしていると、ちくしょうめ、いまいましい煙突掃除野郎がやってきて俺の目に奴の道具を突っ込むとこだったんだ。

I was just passing the time of day with old Troy of the D. M. P. at the corner of Arbour hill there and be damned but a bloody sweep came along and he near drove his gear into my eye.（*U*12.1-3）

「現場の語り手」は、その語りを「俺が」（"I"）ではじめることによって自らの存在を読者に強く印象づける。この語り手は「俺が」という出だしによって、冒頭の最初の一語から物語を自分の意識の支配下におくことを強調する。読者は、語り手が語ることとしか、そしてその語り口によってしか物語の内容を知ることができないのである。

この冒頭の箇所に「現場の語り手」の二つの特徴が示されている。一つは、この語り手が借金取りを生業とするごろつきのような人物であるにもかかわらず、ダブリン首都警察（Dublin Metropolitan Police, D.M.P.）の元警官（トロイ爺さんという人物）と懇意にしているということである。つまりこの語り手は警察という権威とつながりのある人物なのである。この挿話に登場し、ブルームと対立する人物の多くは、何らかの形で警察権力、国家権力（大英帝国側にせよ、アイルランドのナショナリズムにせよ）に関与したり、こだわりを持っていたりする。そして「現場の語り手」を含めたこの挿話の多くの人物のものの見方は、警察官の見方のように「監視」的なのである。

「現場の語り手」の二つめの特徴は、「もう少しでほうきが眼に入るところだった」という箇所に見られる「眼」や「視覚」への執着である。この語り手は、自分が酒場の出来事を「視て」語っていることをしきりに強調し、多くの段落の最初で「俺は〜を見た」のような表現を用いている。たとえば「俺が誰か妙案を思いつかないかと見回していると」（"I was just looking around to see who the happy thought would strike"）（*U* 12.1754）という表現である。また、「それでテリーがジョーのおごりの三パイント持ってきたとき、それ見てマジで俺の目はもうちょっとでつぶれそうだったぜ。なにせ奴が金貨を投げ出すところを見ちまったからよ。**ほんとうのところ**、ピカピカのソヴリンだ」（"So anyhow Terry brought the three pints Joe was standing and begob the sight nearly left my eyes when I saw him land out a quid O, *as true as I'm telling you*. A goodlooking sovereign."）（*U* 12. 206-08、強調は筆者）では、この語り手が「視て」語っていることが明確に示されている。ここでの「ほんとうのところ」はアイロニカルである。なぜなら、この語り手は信頼できないからである。この語り手は偏見と悪意に満ちた語りをしていくのであるが、読者は酒場での出来事を知るためには語り手が述べることに耳を傾けざるをえないのである。

「現場の語り手」が執着しているのは自分の「視覚」だけではない。自ら語る物語の登場人物の「眼」の動きに注目し、それを詳細に語っていく。そして酒場に居合わせる人物を「視る側」と「視られる側」に区分し、「視る側」を優位に「視られる側」を劣位に位置づける。

ではもう一人の語り手である「場外の語り手」は、どのような特徴を有しているのだろうか。舞台である酒場には居合わせている様子が示されていないため、この語り手の正体は「現場の語り手」以上に不明であり、不可知的であり、さらには不気味ですらある。読者には、この語り手が誰なのか、どこから酒場を眺めているのか、まったく知る由がない。この語り手も「現場の語り手」の二つの特質を兼ね備えている。一つは権力との関わりである。この語り手が用いるパロディーのソースの大半は、国家権力や教会権力に関係する文書である。たとえば第一番めの挿入部分《インターポレーション》は法律文書をもとにしたものである。またこの挿話前半のパロディーには、十九世紀に書き直されたアイルランド伝説をもとにしているものも多く含まれている。法律文書は政治権力行使のためのものであり、書き直された伝説は国家意識・民族意識の高揚のために編まれたものである。この挿話の後半になると、教会がもつ権力と関わるテクスト、すなわち聖書や教会新聞がパロディーのソースとして数回用いられることになる。新聞記事もソースとして頻繁に用いられている。新聞も既存の権力に従うか、対抗するかで編集の仕方が正反対になるものであるから、この点では権力と関わっているものであると言える。ちなみに伝説も聖書も新聞記事も「信じるべきもの」、「ほんとうのこと」として書かれ、人々の生活に大きな影響を与えながらも、完全に真実であるとは決して言えないという点で共通している。伝説は史実と創作が混淆したものであり、聖書も教権が作り出したものである。新聞も報道する記事として何を選び、それをどのように書くかは編集者の意図に任されている。

「場外の語り手」は視覚に関する語彙をどのように用いているのであろうか。この語り手は「現場の語り手」が語る内容に、パロディーを用いてさまざまな文体で書かれた挿入部分《インターポレーション》を差し挟んでいくのだが、視覚関係語彙を用いて、最初に行なうのは、語り出す世界を読者が同じように眺めることを強制することである。たとえば「そして見よ、彼らが喜びの杯を飲みほすと、神のような使者が素早く入ってきた。天の目のように輝いた、端正な若者である……」(“And lo, as they quaffed their cup of joy, a godlike messenger came swiftly in, radiant as the eye of heaven, a comely youth . . . .”)(*U*12.244-45、省略は筆者)では、ある男が酒場に入ってくる様子を伝説のパロディーを用いて語り、その冒頭を「見よ」(“lo”)という語ではじめることにより、読者に視点を語り手と共有することを促している。

この語り手は、段落の冒頭で「見よ」(“lo”)をこのほかにも二回(*U* 12.1008, 1910)用いている。読者は、この語り手の指示に従って語られることを思い浮かべるしかなく、「現場の語り手」の場合と同様、語り手の権威に服従せざるをえない。「場外の語り手」は、登場人物を描く際に、

「現場の語り手」ほど頻繁には視覚関係語彙を用いはしない。ただし、「視る側／視られる側」の優劣を同様に強く意識している。

以上のように、この挿話の二人の正体不明の語り手は、視覚関係語彙と権力を強く意識しながら、物語を語っているのである。

第十二挿話の空間構造

第十二挿話の物語は、「現場の語り手」がジョー（Joe）という男とともに熱狂的アイルランド愛国者の「市民」に会いに行くところからはじまる。「市民」という正体不明の男は舞台となる酒場で中心的な位置を占めることになる。「場外の語り手」は酒場を伝説に登場する砦に喩えて、「美しきイニスフェイルに一つの国、聖なるミカンの国あり。そこに人々遠くから望み見る見張り塔そびえ立つ」（"In Inisfail the fair there lies a land, the land of holy Michan. There rises a watchtower beheld of men afar."）（*U* 12. 68-69）と語りをはじめ、続けて、豊饒なるミカンの国のパノラマが展開していく。さらに「市民」がこの国の支配者として見張り塔のそばに立っている様子が「円塔の下で巨大な丸石に座るのは肩幅広く、胸板厚く、四肢強靭で……たくましき腕をした英雄の姿なりき」（*U* 12. 151-55、省略は筆者）と描かれる。「場外の語り手」は、「市民」をミカンの国の支配者という強大な力をもつ者として描写するのである。「市民」のこのような印象は、「現場の語り手」が語るなかでも保持され、「市民」は酒場という現実の舞台の中心人物となる。また「市民」と「円塔」のつながりは、彼が塔の高みから国を見渡す支配者であるという「視線」の政治学的意味をも暗示している。

「市民」はアイルランドがいつの日か繁栄した国になることを夢見ており、酒場では次のような会話が展開している。

—そして、俺たちの目はヨーロッパに注がれていると市民は言う。俺たちは、この犬どもが生まれる前から、スペイン人やフランス人、そしてフランダース人と交易をしてたんだ。ゴールウェイではスペインのエールを、ワイン色の水路にはワイン用の小舟を浮かべてよ。

—そして、また再び、とジョーは言う。

—神の聖なる母のご加護で、また再び、と市民は膝を叩いて言う。今や空っぽの俺たちの港も再びいっぱいになるんだ。（*U* 12. 1296-301）

しかし現実には「市民」は、ミカンの国を見渡す支配者でもなく、アイルランドはいまだにイギリスの植民地のままである。「市民」の政治的な力は皆無であり、この男が「視線」によって力を誇示できるのは、酒場に居合わせる他の弱い男たちに対してだけである。

「現場の語り手」は、視覚関係語彙を用いながら酒場にいる男たちの力関係を巧みに語っていく。「市民」らの「視線」の餌食になるのが、友人に会うために酒場にやってきたブルームと酒場の前をうろついている狂人のデニス・ブリーン（Denis Breen）である。視覚という点で、この二人はきわめて似通った描き方をされている。まず両者とも視覚に欠陥がある人物とされている。「現場の語り手」は、ブルームの眼の描写に「愚かな」という意味をもつ "cod's" という形容語を三回繰り返して添えている（*U* 12.214, 410, 841）。また「市民」はブルームのことを「あの白目の不信心者」（"that whiteeyed kaffir"）（*U* 12.1552）とも呼んでいる。愛国者たちは狂人の視覚には異常があると考えており、それは「目を健全にしろよ」（"*Compos* your eye!"）（*U* 12.1045）という台詞に現われている。

二人のもう一つの共通点は、この挿話の最後まで誰かに「視られる」立場に置かれているということである。そして視覚に欠陥があるとされる彼らが「視る」主体になることが決してないということである。ブルームもブリーンも「見る」という意味の動詞、すなわち、"see"、"watch"、"look at" などの主語になることは一回もない。[1] 反対に彼らは「視られる」ことによって、「監視」され、「威嚇」され続けるのである。ブリーンがダブリンの副保安官の助手であるアルフ・バーガン（Alf Bergan）というごろつきによる「監視」のまなざしを受けている様子は、次の引用に明確に表現されている。

—奴を見てみろよ、と彼は言う。ブリーンだ。ダブリンじゅうをぶらついてやがる。誰かが奴に送ったU.pと書いた葉書を手にして……

—Look at him, says he. Breen. He's traipsing all round Dublin with a postcard someone sent him with U. p: . . . .（*U* 12.257-58、省略は筆者）

ブリーンは、ダブリンをうろついている途中に背が高い副執行官による「威嚇」の視線も受けており、このことは、「あののっぽが奴を召喚状も同然の目つきで睨んだものだから」（"The long fellow gave him an eye as good as a process"）（*U* 12.269-70）に示されている。

ブルームの行動も「市民」によって、監視されているかのように描かれている。「市民」は「あの不愉快なフリーメーソンは、外を行ったり来たりして何やってるんだ?」(U12. 300-01)と述べ、ブルームの動きを気にしている。以後、ブルームはずっと「市民」による監視と威嚇の視線を浴び続け、「現場の語り手」はそれを反復して描写する。たとえば、「死者たちの思い出のためにと、『市民』はグラスを持ち上げブルームを睨みつけながら言う」("The memory of the dead, says the citizen taking up his pintglass and glaring at Bloom.")(*U* 12. 519-20)という描写である。

ブルームに「威嚇」の視線を送るのは「市民」だけではない。「市民」が飼っているギャリーオーエン(Garryowen)という犬もブルームを睨みつけて威嚇する。「現場の語り手」は、ブルームを威嚇するこの犬の視線にことさら気を配り、「目が見えなくならないようにして、ときどきバシッと蹴りを入れてやらないと」("Give him a rousing fine kick now and again where it wouldn't blind him.")(*U* 12. 698-700)と述べている。次の引用で、「現場の語り手」は「視る側/視られる側」の強弱関係をはっきりと描いている。

するとブルームは樽の後ろの隅っこの蜘蛛の巣にひどく関心があるふりをし、「市民」は彼を睨みつけ、そして例の老いぼれ犬は「市民」の足下で誰にいつ噛みつこうかと見上げていた。

And Bloom letting on to be awfully deeply interested in nothing, a spider's web in the corner behind the barrel, and the citizen scowling after him and the old dog at his feet looking up to know who to bite and when.（*U* 12.1160-62）

ブルームはこの引用でも視覚関係動詞の主語にならず、「市民」が主語となっている「威嚇」の視線を送ることを表わす動詞句「睨みつける」（"scowling after"）の目的語となっている。さらにこの文脈ではブルームはギャリーオーエンが噛みつこうとして見上げている（looking up）ことの対象になっていると言ってもよいだろう。ブルームは視覚関係動詞の主語にならないのに対して犬は主語になっており、このことから「現場の語り手」はブルームをまるで犬よりも劣った存在であるかのように描いていることが読みとれる。

このように、この挿話のテクストは正体不明の二人の語り手に支配され、舞台の酒場では「市民」というやはり正体不明の男がその場を牛耳っている。語り手にとっても、「市民」にとっても「視る」ということが支配のための最大の手段となっている。この様子を読者の側から整理すると、彼らは、自分たち自身は正体不明でその姿は正確には「見えない」のに、他者を「視る」ことで「監視」し「威嚇」し「支配」しようとするという構図が浮かび上がってくるのである。(2)

この挿話の空間に類似した構造を持っているのがパノプティコン（panopticon）と呼ばれている一望監視施設である。パノプティコンは、十八世紀末にイギリスの法学者ジェレミー・ベンサム（Jeremy Bentham）によって考案された監獄建築である。フランスの哲学者ミシェル・フーコー（Michel Foucault）はその仕組みを「権力の眼」（"L'œil du pouvoir"）と題した対談で次のように説明したと記録されている。

原理はこうです。周辺には環状の建物、中心に塔。塔にはいくつかの大きな窓がうがたれていて、それが環の内面に向って開いています。周辺の建物は独房に分けられ、独房のおのおのは建物の内側から外側までぶっとおしになっています。独房には窓が二つ、一つは内側に開かれて塔の窓と対応し、いま一つは外側に面して独房の隅々まで光を入らせます。そこで、中央の塔に監視者を一人おき、おのおのの独房に狂人、病人、受刑者、労働者、あるいは生徒を一人入れればよいのです。逆光の効果により、周辺の独房に閉じ込めら

れた小さなシルエットが光の中に浮き上がっているのを塔からとらえることができます。（三七五）

パノプティコンでの「視線」は、第十二挿話の空間と同様、非対称的である。囚人には中央の監視塔の内部が見えない。しかし囚人は中央監視塔から絶えず見張られている可能性がある。第十二挿話の空間でも、「監視する側」の語り手や「市民」についてもその正体は不明である。それに対して、「監視される側」のブルームや狂人ブリーンは、不当に視覚を奪われたような描き方をされており、彼らが語り手や「市民」を見ている様子が描かれることは一回もない。視線の非対称性に加えて、以下の問題をあわせて考えると、この第十二挿話の空間とパノプティコンとの類似はいっそう明確になってくる。

まず「監視する側」の「現場の語り手」やごろつきのアルフは元警官や保安官と懇意にしている警察権力とつながりのある人物であった。このことは彼らがパノプティコンにおける囚人監視人と同じような視線でものを見ていることを決定的にしている。もう一つは「場外の語り手」によって描かれた「市民」の伝説のなかの描写とパノプティコンの関連性である。「場外の語り手」は、高くそびえる塔のそばに立つ「市民」の姿とその領地のパノラマ（panorama）を描いていた。そこから、われわれは、塔に立ち領地を見渡す「市民」の姿を思い浮かべ、その姿に、中央監視塔の高みから見張りをする囚人監視人の姿を重ねることもできるだろう。しかもパノラマとパノプティコンの語源はほとんど同一で、どちらも「すべてを見る」というのが原義である。(3) フーコーによれば、パノプティコンとは西洋社会の権力構造のあり方を象徴する装置なのである（Foucault, 217）。偶然にせよ、ジョイスが「政治学」をその「学芸」としている第十二挿話（Gilbert, 30）において、その空間構造を権力の舞台装置と似せたとしても、それは不思議なことではないのである。この挿話ではダブリンのキルメイナム（Kilmainham）監獄についての言及がなされている（*U* 12.460）が、この監獄もパノプティコンを有していたことは興味深い。

監視のまなざしからの脱出

パノプティコンのなかで囚人たちは監視塔からの「視線」にいつもおびえており、その結果、彼らは自ら進んで権力に服従するようになるという。それではブルームは監獄のようなこの酒場で、語り手や「市民」たちに屈服してしまうのだろうか。

この酒場でブルームは「市民」らアイルランド愛国者たちに終始、脅かされ、からかわれ、嘲笑われている。しかし彼は自分の信念を決して曲げはしない。彼は愛国者たちに戦争や武力の空しさを説き、愛の大切さを訴えかける。ブルームは、語り手によって「視覚」を不当に奪われたかのような描き方をされているが、あたかもそれに対抗するかのように、彼は自分の台詞のなかで、「視覚」に執拗にこだわろうとする。たとえば彼は、テニスについて言ったのは「敏捷さと目の訓練です」(“the agility and training the eye”)(*U* 12.945-46)と述べている。また、「市民」たちの一方的なイギリス非難を咎めるときにも、彼は「視覚」を引き合いにして、「他人の目のなかの塵は目に見えても、自分の目のなかの梁は見えない人もいますからね」(“Some people . . . can see the mote in others' eyes but they can't see the beam in their own.”)(*U* 12. 1237-38、省略は筆者)と述べて、愛国者たちのものの見方が誤っていることを指摘している。ブルームは、第十二挿話の酒場という、力を持った者たちが服従を強制しようとする空間のなかで、何とかして自らの主体性を貫き通そうとするのである。

ブルームと「市民」の対立は、ユダヤ人問題をめぐる口論のときに頂点に達する。ブルームは「あんたらの神はユダヤ人だったんだ。キリストだってぼくみたいにユダヤ人だったんだ」(*U* 12. 1808-09)と言い、敬虔なキリスト教徒でなおかつユダヤ人を憎悪している「市民」を激怒させる。そしてついに「市民」は実力行使に出て、ビスケットの缶をブルームの頭をめがけて投げる。しかしそのとき、「市民」の眼は太陽の光に眩み、ブルームは酒場から馬車に乗って逃げて行ってしまう。

ベゴッブ　彼は片手を引き大きく振って放り投げた。神の恵みで、おてんとう様が奴の両眼に入ってしまい、さもなければあいつはくたばっちまっただろうに。

Begob he drew his hand and made a swipe and let fly. Mercy of God the sun was in his eyes or he'd have left him for dead.（*U* 12.1853-54）

ブルームは「市民」の両眼が眩んだ結果、その眼の「監視」による支配から逃げ出すことに成功する。「市民」という酒場の中心人物の眼が眩むという事件は、第十二挿話の空間に大きな異変をもたらすことになる。「場外の語り手」は、「天変地異は、実際、瞬時にして凄まじいものだった」（*U* 12. 1858）と大きな地震が酒場の周囲の地域全体に起こったことを語り出す。この描写は第十二挿話の空間の崩壊を表わしている。ブルームは逃亡し、「現場の語り手」は彼の姿を「見失う」が、「視る」対象を失うことにより、「語る」対象をなくすことになる。「現場の語り手」は、「そして最後に見たのは、あのクソ馬車が角っこを曲がり、そのなかで羊面した奴が身振りで何かやっていて、あのクソ犬が追っかけるとこだった……」（“And the last we saw was the bloody car rounding the corner and old sheepsface on it gesticulating and the bloody mongrel after it . . . .”）（*U* 12. 1906-07、省略は筆者）という場面をもって、ブルームを「視て語る」ことを止める。

「場外の語り手」は、ブルームが天上へと昇っていく姿を「そのとき、見よ、彼らすべての周りに大いなる輝き来たり、そしてなかに彼が立つ戦車が天に昇るのを彼らは見たり」（“When, lo, there came about them all a great brightness and they beheld the chariot wherein He stood ascend to heaven.”）（*U* 12. 1910-11）と語りはじめて、この挿話に幕を引く。ブルームは、ここで、神のように“He”と書かれる存在となる。そして地上で人々が見ているなかを天へと昇っていく。光り輝くブルームの姿に、地上の人々は畏怖の念を感じるあまり、彼を見るのをいったん止めてしまうくらいである。彼は、「市民」がそのそばに立っていた見張り塔よりも、はるかに高いところへと上がっていく。しかし「場外の語り手」は、ブルームが下界を「見下ろす」様子は描かない。いくら高い場所に昇っても、彼は最後まで「視る」主体になることはついになかったのである。

この挿話では、酒場で起こったことを視て語る「現場の語り手」もパロディーを用いて語る「場外の語り手」もブルームを好きなように描いてきた。彼らはブルームの外見であれば、どのようにも描くことができるのである。彼らはブルームを「視る」主体には決してしなかった。またブルームが何を思い、どう感じたかもほとんど描かなかった。いや、この語り手たちにはブルームの内面など何も知らないし、描くこともできないのである。悪意をもって接する語り手に、ブルームは自分の内面をさらけだすことなどどうしてできようか。相手のことを理解しようとしない語り手と心の内をどうやって共有することができようか。この挿話では、ブルームは「視る」主体にはならなかったし、彼の内面もほとんど描かれなかった。そして彼は二種類の語り手の「視覚」と「言語」による暴力に苦しめられた。しかし、彼は自らの内面と主体性までこの語り手たちに支配され、統御されることはなかったのである。その結果、彼は自分の信念を最後まで貫き、「市民」らから受ける迫害の前に屈することもなく、ついにはこの監獄のような空間から脱出することができたのである。

監視のまなざしと対話のまなざし

正体不明の「見えない」人物たちが「監視」している空間がパノプティコンという監獄に喩えられるのなら、こうした人物たちが物語を作っていく空間とはわれわれが生きている世界にほかならない。「場外の語り手」がパロディーのソースとして用いていたものを考えてみよう。法律文書、伝説、聖書、新聞といったものは、生活に計り知れないくらいの影響を及ぼしている。しかしこれらが、いったい誰の手によって、どういう意図の下に編まれてきたのか、編まれているのか、その実情を完全に見きわめることは難しい。法律、新聞、聖書、さらに物語られる歴史は、われわれをその影響のなかに閉じ込めてしまうくらいの大きな力を持っている。われわれは、施行された法律に従い、報道された記事を事実とみなし、語り出されていく歴史のなかで、ただ生きていくしかないのである。この点では、われわれも「見えない」語り手が支配している物語の空間で生きているのであり、しかもブルームとは異なって、そこから脱出することは決してできないのである。

『ユリシーズ』で描かれている世界とは、国家権力や教会権力が圧倒的な力で人々を抑圧しながらも、人々の幸福に少しも貢献していない不毛の世界である。第十二挿話の「監視」の空間もこうした世界の一つのアレゴリーとなっている。とはいえ、『ユリシーズ』の世界の「視線」がすべて「支配」、「監視」、「威嚇」のためかと言えば、そうではない。この世界でお互いの心の内を理解していこうとする「対話」の視線があることも読みとることができるのである。たとえば第十六挿話で、ブルームは自らの本心をさらけ出して、青年スティーヴン・ディーダラスに語りかける。そのとき、人間不信に陥っているスティーヴンの心にわずかながらも回復の兆しが現われる。このときのスティーヴンとブルームの眼の描写には、明らかに「対話」の視線を予感させるものがある。

コーヒーとは名ばかりのまずいものを口にして、この一般論のあらすじに耳を傾けながら、スティーヴンはとくに何も見つめてはいなかったのだ。彼は、もちろん、あらゆる種類のことばが、今朝リングズエンドのあたりにいた蟹のように色を変えていくのを耳にしていた。蟹は同じ砂地の下に住みかを持っているか、持っているよう思われ、さまざまな色の砂のなかに穴を掘って入りこもうとしていた。それから彼は顔を上げて、もし君が働くのであれば、と言った声を耳にして、そのことばを言ったのか言わなかったのかわから

ないまま、その人の両眼を見た。(*U* 16.1141-47)

スティーヴンは、ブルームが話すのを聴いているうちに、一つのことばがさまざまな響きをもっていること、そしてことばの背後にそれを口にする人の心があることに思いを向けている。砂浜の蟹がことばであるとすれば、蟹の住みかとは心を暗示していると言えるだろう。彼はそこで顔を上げ、目の前にいるブルームの眼を見る。この場面は、『ユリシーズ』の世界で人と人とが理解しあうことの可能性を感じさせる数少ない箇所の一つである。われわれがこの作品の不毛の世界に救いを求めるとすれば、それはこうしたほんのささやかな人と人との心が触れあう場面にほかならない。

註

(1) ブルームが視覚関係動詞の主語となる例外が一つある。「それで、ベゴッブ、俺は、奴がのぞき見して、またこっそり逃げるのを見たぜ」("And, begob, I saw his physog do a peep in and then slidder off again.")(*U* 12. 381) では、ブルームは「のぞき見る」("do a peep in") の主語になっている。ただし、それ以前に、ここでブルームは、「俺」すなわち「現場の語り手」が主語となっている動詞 "saw" の目的語となっており、「現場の語り手」の監視下に置かれているのは明かである。また、ここでブルームが主語となっている動詞も「のぞき見る」という不健全さを想起させるような意味の動詞句である。こうした描き方にも語り手のブルームに対する悪意を読みとることができる。

（2）酒場という舞台では、ブルームは「現場の語り手」や「市民」の姿を実際には当然見ているはずである。しかしブルームから見た彼らの姿は描かれることはない。また読者も彼らの正体がまったくわからない。その結果、読者がテクストから思い浮かべるのは、正体不明で姿が見えない者たちがブルームを「監視」している様子なのである。

（3）“panopticon” の語源は、“pan: all + optikón: sight, seeing” であり、“panorama” の語源は、“pan: all + hórama: view, sight” である。

第三章　「牡牛」をめぐるテクスト

――『ユリシーズ』第十四挿話について

第十四挿話の舞台となる国立産婦人科病院（田村　章　撮影）

はじめに

『ユリシーズ』第十四挿話は、ホメロスの『オデュッセイア』との対比から"Oxen of the Sun"(太陽神の牛)と呼ばれている。タイトルにふさわしく、この挿話では「牛」についての言及がきわめて多い。"ox"(総称としての牛)、"bull"(牡牛)、"cow"(牝牛)、"bullock"(去勢された牡牛)、"calf"(子牛)のみならず、半牛半人の怪物ミノタウロス(Minotaur)までがテクスト上に現われている。ただし、ここで次のことを見逃してはならない。第十四挿話では、ホメロスの叙事詩との関係でもっとも重要だと考えられる"ox(en)"という語は、複数形が一回見られるのみであり、その一方で"bull(s)"は九回も現われているということである。"bull(s)"のほうが頻出する傾向は第十四挿話のみならず『ユリシーズ』全体をとおして当てはまることでもある。第十四挿話とギリシア神話の対応関係の研究では、ホメロスの「太陽神の牛」のエピソードにのみ光が当てられることが多かった。すなわち、「牛」と言えば、太陽神ヘリオスがトリーナキエーの島で飼っている"oxen"が注目されていた。本章ではあえて、「牡牛」たる"bull"に注目しながらこの挿話について考えてみることにしたい。

そのために、まずこの挿話の舞台となる産院で繰り広げられる"bull"をめぐる議論に着目する。ここでは"bull"という語がイングランドやカトリシズムと関連づけられることにより、アイルランドの歴史状況に関する（不真面目な）議論が展開されていく。ここで浮かび上がってくるのがアイルランドの矛盾した状況を表象するミノタウロスのイメージである。ミノタウロスの神話の背後にはクレタ島の「牡牛崇拝」や生命の神秘をテーマにした古代の神話が存在しており、これらは出産を描いた第十四挿話自体と緊密に結びついている。本章では、以上のような点に注目することで第十四挿話における「牡牛」の文脈の意義を明らかにしてみたい。

「牡牛議論」とミノタウロス

第十四挿話の大部分を占めているのが、その名も「牛の角の館」を意味する「ホーンの館」（"Horne's house"）（*U* 14.86）という産院に集まっている不真面目な医学生たちとスティーヴン、およびブルームの間でなされる議論の一部始終である。産院で、若い医学生たちは、性交、妊娠、出産といった話題を酒の肴に酔っぱらいつつ下品な会話を楽しんでいる。彼らは、話がアイルランドの政治に及んでも、猥雑な比喩を多用しつつ茶化しながら話を続けていく。

本章で着目する“bull”という語は、悪疫に罹《かか》ったアイルランドの「牛」が話に出たのをきっかけに繰り広げられる“bull”に関する議論に集中的に現われている。この“bull”についての議論を、ロバート・ヤナスコ（Robert Janusko）にならって、便宜的に「牡牛議論」（bull discussion）（Janusko, 5, 22）と呼んでおくことにしたい。「牡牛議論」では、医学生ヴィンセント・リンチ（Vincent Lynch）、研修医ディクソン（Dixon）、それにスティーヴンらによる戯れ話をとおしてアイルランドが二つの“bull”によって支配されていった歴史が語り出されていく。

「牡牛議論」では“bull”に三つの意味が重ねられて話が進んでいく。第一にローマ法王による勅書である「ペイパル・ブル」（“the Papal Bull”）が象徴するカトリック教会である。第二に「ジョン・ブル」（“John Bull”）つまり大英帝国である。そして第三に「アイリッシュ・ブル」（“Irish bull”）というアイルランド特有の矛盾を含んだ言い回しである。「牡牛議論」では、農夫ニコラス（farmer Nicholas）（*U*14.582-83）と地主ハリー（lord Harry）（*U*14.592）の“bull”をめぐる寓話が含まれている。ここでの農夫ニコラスとは、本名をニコラス・ブレイクスピア（Nicholas Breakspear）というイングランド出身の唯一のローマ教皇ハドリアヌス四世（Hadrian IV）のことである（Blamires, 151）。リンチは、「牛飼いのなかでも最高の牛飼いたる農夫ニコラスによって、鼻にエメラルド色の輪をつけてアイルランドに遣わされたのと同じ牛」（“It is that same bull that was sent to our island by farmer

Nicholas, the bravest cattlebreeder of them all, with an emerald ring in his nose.")（*U*14. 582-84）と述べ、ハドリアヌス四世の"bull"すなわち勅書によって、地主ハリーことヘンリー二世にアイルランドの支配権が与えられた話をはじめる。地主ハリーの「ハリー」とは「ヘンリー」の別称であるが、中世イングランドの歴代の「ハリー」たるヘンリー二世、七世、八世は、カトリック教会との関わりのなかで、アイルランド支配を確立していく王である。

概略は次のとおりである。十二世紀中葉にヘンリー二世は、アイルランドにおけるローマ・カトリック教会の秩序の確立を高唱し、その結果、教皇ハドリアヌス四世からアイルランドの支配権を獲得する。イングランドは法王勅書たる「ペイパル・ブル」の庇護のもとアイルランド侵略に本腰を入れはじめる。そしてカトリックの神父たちも大威張りで布教をはじめる。十五世紀になるとヘンリー七世は、アイルランド支配をさらに強化し、土地保有制度もイングランド式に改めてしまう。次のヘンリー八世は、自らの離婚問題をきっかけにローマ・カトリック教会と仲違いする。そしてローマ教会の普遍的支配に対抗して、イングランドが主権国家であることを意識し、国王自らが英国国教会の首長であると宣言する。その結果、イングランドの宗教改革が急速に進められることになる。このことは、第十四挿話でヘンリー八世が自分の「牡牛との驚くほどの類似」("a wonderful likeness to a bull")（*U*14.626）に気づくこと、つまり自らが「ジョン・ブル」という「牡牛」であることに気づいて、「牡牛の言語」（"the bulls' language"）（*U*14.633-34）、すなわち教会ラテン語を学びはじめたという寓話にされている。ヘンリー八世による支配のもと、アイルランドでも国教会への改宗が進められようとする。ところが改宗は困難をきわめ、カトリシズムは容認されてしまう（山本、九九－一〇一）。こうして、政治的にはイングランドに、宗教的にはローマに支配されたという、世にも不思議な矛盾を抱えたアイルランドの状況が生じることになる。

この矛盾した状況は、「アイルランドの牡牛に手を出すと、ジレンマの角に引っかかる」（"He'll find himself on the horns of a dilemma if he meddles with a bull that's Irish"）（*U*14. 578-79）というリンチの台詞に集約されている。ここでの「アイルランドの牡牛」（"a bull that's Irish"）は「アイリッシュ・ブル」というこの土地特有の矛盾を含んだ滑稽な言い回しのことにも読める。「アイリッシュ・ブル」の一例を挙げると、「君がぼくの葬儀の説教するのを聞きたいものだ」と聖職に就くことを目指す学生に述べる（Gifford, 1988, 424）言い回しである。亡くなってしまったら説教は聞けるはずがないので、これは矛盾を含んだ滑稽な表現なのである。「アイリッシュ・ブル」に象徴されるように、アイルランドとは矛盾を抱えた国なのだ。

医学生たちは、「牡牛議論」で、「ペイパル・ブル」が象徴するカトリック教会も話題にする。

彼らは、アイルランドの人々がカトリシズムを夢中になって信仰するようになる様子を、女たちが亭主をなおざりにして、「牡牛」に夢中になっていく話に喩えている。そして告解室(confession box)という教会堂のなかに設けられた小部屋で信者が神父に性の秘密を告白する様子を、女たちが「牛小屋」すなわち"cowhouse"(*U* 14.597)や"stables"(*U* 14.602)の暗がりで「牛」にひそひそ話をする様子になぞらえている。

「牡牛議論」では、テクストの表面では"bull"という語の多義性に基づいて、神父や国王が「牡牛」に擬されている。ただし『若き日の芸術家の肖像』(以下『肖像』と略す)から『ユリシーズ』への流れを念頭に置いて、「牡牛」の意味について考えると、第十四挿話の「牡牛議論」には、単にことばの多義性だけでは済ませられない問題が潜んでいるのである。

ジョイスは、『肖像』でスティーヴンをダイダロスに、スティーヴンの精神を束縛するアイルランドをクレタの迷宮に照応させた。ただし『肖像』では迷宮に棲む半人半牛の怪物ミノタウロスの名が現われることはなかった。この怪物の名が一回だけ登場するのは『ユリシーズ』のなかでもこの第十四挿話においてである。医学生たちの話が奇形児誕生の原因や女性と動物の交合が話題となったときの次の引用を見てみよう。

さる異国の使節はこれら二つの見解に逆らって、確信に我を忘れて熱くなって、女性と動物の雄の交合についての説を取り上げたが、その典拠は、この者が主張するところでは、かの優雅なるラテン詩人の天才的才能が変身物語のページのなかで私たちに伝えてきたミノタウロスの寓話であったのだ。(U14. 991-96)

この引用で触れられている「かの優雅なるラテン詩人」たるオウィディウス(Ovid)が綴ったミノタウロスの挿話について簡単に説明を加えておこう。この神話には『肖像』のスティーヴンの原型となった工人ダイダロスと「牡牛」との緊密な関係が描かれている。ダイダロスは、クレタの女王パシファエ(Pasiphae)の「牡牛」への欲情を満足させるために彼女が「牝牛」に化ける手伝いをする。その結果、パシファエは半人半牛のミノタウロスを生む。クレタ王のミノスは、この怪物を閉じ込めておくために、一度入れば出られなくなる迷宮ラビュリントスをダイダロスに作らせる。そして王は、個人的に恨んでいるアテナイ人のなかから毎年七人の若者と七人の乙女を出させ、この怪物に生贄として捧げるのである。若者テセウスは、女神アリアドネとともにミノタウロスを退治するのだが、このための秘策を考えたのがダイダロスであった。ミノス王は激怒して、ダイダロスと息子イカロスを迷宮に幽閉する。そこで、ダイダロスは自らと息子のために翼を作り、迷宮から脱出しようとするのである。

ミノタウロス誕生の経緯について、スティーヴンは続く第十五挿話で「『正しき者の角はあげられるべし』女王は賞に値する牡牛たちと寝た。パシファエを忘れるな。その情欲のためにぼくの年老いたふとっちょ爺さんが最初の告解室を作ったんだ」(“*Et exaltabuntur cornua iusti.* Queens lay with prize bulls. Remember Pasiphae for whose lust my grandoldgrossfather made the first confessionbox.”)(*U*15.3865-67)と述べている。スティーヴンは、ここで、パシファエと「牡牛」が密通したことにより、スティーヴンの祖父とされているダイダロスは迷宮ではなく告解室を作ったと言うのである。彼の台詞は、泥酔した状態で発せられたものではあるものの、でたらめな言い草ではない。ミノタウロスの神話と告解室に見られるカトリシズムがつなげられているこの台詞は、先述の「牡牛議論」をふまえたものだと考えられるからである。

リンチたちの喩え話に出ていたアイルランドの女たちが「牡牛」に夢中になる様子は、女王パシファエが「牡牛」に心を奪われていたことを思い出させる。さらに、彼らのふざけた会話のなかで告解室が「牛小屋」に喩えられていたことは、第十五挿話でのスティーヴンの台詞に「告解室」が出てくることにつながる。以上から考えると、「牡牛議論」で話題とされているアイルランドにおけるカトリシズムの布教はミノタウロスの神話に結びつけられている。カトリックの神父は、「告解室、すなわち牛小屋」にいる「牛」であり、同時に、その「牛」はミノタウロスにも喩えられるのだ。

これらのことから、「牡牛議論」では、イングランド国王もカトリックの神父にも"bull"のイメージが重ねられていることがわかる。「牡牛」の姿を国王や神父というアイルランドを支配する権力の象徴と考えたとき、この「アイルランド《アイリッシュ》の牡牛《ブル》」は、イングランド国家とカトリシズムという矛盾を内部にはらみながら人民を支配している権力の状況を表わしていると言える。これはまさしく「半人半牛」の怪物ミノタウロスが人性と獣性という矛盾を抱えながら生贄を貪る姿に酷似しているのではないだろうか[1]。

クレタ島の「牡牛崇拝」

以上のように第十四挿話を「牡牛」(bull)に注目して読むことで、アイルランドとミノタウロス神話の関係を明らかにすることができる。とはいえ第十四挿話における「牡牛」への言及は、ミノタウロスを登場させるためだけにあるのではない。この挿話では、ミノタウロス神話の背後に「牡牛」のさらに重要な意味が隠されているのである。

ミノタウロスが神話に登場するようになった背景をここで説明しておきたい。この神話は、クレタ島で先史時代に行なわれていた「牡牛崇拝」にちなむものだとされている。クレタでは「牡牛」が世界の秩序の中心として、また絶えず蘇る生命の力の象徴として崇拝されていた。このことは、「牡牛座」がクレタの最高神ゼウス（Zeus）の化身とされていることからも明らかである。とはいえ、やがて「牡牛」を生贄として供する儀式が世俗化されるようになる。かつて崇められていた「牡牛」の命が人間の手に落ちるようになるのである。ミノタウロスの神話は、「牡牛」と人間の関係がこのように変化する時期の所産なのだ（荒俣、三二六、マーカタンテ、三〇三）。

クレタでは「牡牛」と蛇が生命の源として崇拝されていた。ゼウスはこの二つの動物の姿を借りて女神たちを誘惑する。彼は白い「牡牛」に変身して、美しい女神エウロペ（Europa）に近づき、その結果のちのクレタ王ミノス（Minos）らが生まれる。ゼウスはまた蛇の姿になってペルセポネ（Persephone）と交わり息子ディオニューソス（Dionysus）が生まれる。しかしこの息子は他の神々から命を狙われ、「牡牛」に変身して生き延びようとするが、捕えられてしまう。

ミノタウロスの神話や「牡牛」や蛇が登場する神話の背後には、生命の連続の神秘をテーマにした根源的な神話がクレタにあったと考えられている。神話学者カール・ケレーニイ（Karl Kerenyi）は、この根源神話を詳しく解説している（一三四－四二）。クレタでは最も偉大な神であるゼウスと息子ディオニューソスはもともと区別されていなかった。この二神は一体となり姿を変えていく。根源神話は三幕からなる戯曲のような形をとって、ゾーイー(2)（Zoe）と呼ばれる男性の生命が女性との関係のなかでたどる三つの発達段階を示している。第一幕は精子の段階、第二幕は胎児の段階、第三幕は乳児期以降の男性の段階である。精子の段階で神となるのは蛇であり、胎児のときには「牡牛」、そして乳幼児以降ではディオニューソスである（ケレーニイ、一四〇）。その相手となる女性は、男性の生命がゾーイーという生命力を生み出す源泉のときには、レアー（Rhea）と呼ばれ、第一幕では妻、第二幕では産婦、第三幕では再び妻となり、その妻はアリアドネ（Ariadne）と呼ばれている。ミノタウロスという半人半牛の状態は第二幕と第三幕との間に生まれた早産児を示していると考えられる。第三幕では、人間の姿となったディオニューソスが乳母たちの手によって育てられる。そしてアリアドネと結婚し、夫婦神となって昇天し、女神は輝きに包まれて天空に出現するところでこの三幕からなる神話は幕を閉じるのである。

クレタの根源神話と『ユリシーズ』

ジョイスは、第十四挿話について友人のフランク・バジェン(Frank Budgen)に宛てた手紙のなかで、産院を子宮に、ブルームを精子に、産院の女性看護師を卵子に、そしてスティーヴンを胎児に喩えたことを明らかにしている(*SL*, 252)。このことと蛇や「牡牛」が登場するクレタの根源神話を重ねながら、第十四挿話を中心に『ユリシーズ』を生命の連続性という文脈で読み直してみよう。

『ユリシーズ』第八挿話で、ブルームは昼間ダブリンの街を歩きながら、昔ある女が身に着けていた下着を売ってくれたことを思い出し、性的な興奮を覚えている。彼の興奮は「彼女の牡牛になりたい」(*U*8.356)という台詞に示されている。さらに彼は育児について思いを巡らし、「気の毒なピュアフォイ夫人!」(*U*8. 358)と、子だくさんな夫人のことを思い出す。彼が同情心を寄せるこの夫人が第十四挿話の舞台である「ホーンの館」という産院で出産するのである。

第十三挿話では、ブルームが夕暮れの浜辺でガーティという若い娘を見つめながら自慰にふけるが、そこで彼の様子は蛇に喩えられ、「彼は蛇が獲物を見るように彼女を見つめた」

(*U*13.517)と書かれている。この箇所に続いて「彼の心のなかの悪魔が目を覚ましてしまった」(*U*13.518)を含めると、この箇所は蛇が悪魔を表わすというキリスト教の文脈で読むべきであろう。ただし、ここに根源神話の文脈を持ち込んでみると、蛇は精子を暗示することになる。ブルームはこの浜辺で興奮して精子を放ち、続く第十四挿話では、彼自身が精子を暗示しながら子宮を象徴する産院「ホーンの館」へ入り込んでいく。

第十四挿話は、「日の方ホリス通りに行かん。日の方ホリス通りに行かん。日の方ホリス通りに行かん。我らに送り給え、輝く者よ、明るい者よ、ホーホーンよ、胎動と胎の実を」(“Deshil Holles Eamus. Deshil Holles Eamus. Deshil Holles Eamus. Send us bright one, light one, Horhorn, quickening and wombfruit.”)(*U* 14.1-2)という、新たなる生命の誕生を祈願する祈りによってはじまる。この祈りは、太陽神のみならず“Horhorn”という語が示すように産院の医師ホーン(Horne)博士にも捧げられている。“Horhorn”という語は、同時に牛の角も表わしている。クレタでは、太陽も「牡牛」も崇拝されていた(マーカタンテ、三〇三)。第十四挿話は冒頭から「牡牛崇拝」の世界に入っていく。

前述のように、産院にたむろしている若い医学生たちは、酒を飲みながらブルームやスティーヴンと議論を交わしている。医学生たちはふざけて猥褻な言動や生命の尊さを軽んじた無責任な発言を繰り返す。こうした連中を相手に、スティーヴンは、避妊性交は罪だと主張する(*U*

14.225-27)。疫病に罹った家畜牛が話題になると、医学生コステロが「牛に死を」(*U* 14.551)と吐き捨てるように言うのに対して、ブルームは「全頭を殺してしまうのか」(*U* 14. 567)と疑問を投げかけている。性を享楽の手段とみなし、生命を軽く考えている医学生たちを前にスティーヴンとブルームは、生命の尊さを訴えているのである。

ジョイスは、スティーヴンを胎児に喩えたとしていたが、クレタの根源神話では、胎児の段階での神は「牡牛」であった。第十四挿話では、スティーヴンは自分が「牡牛」であることを強調して、「我、牡牛の魂をもつスティーヴン、去勢牛を助ける詩人は、彼らの命の主人であり命を授ける者なんだよ」("I, Bous Stephanoumenos, bullockbefriending bard, am lord and giver of their life.")(*U* 14. 1115-16)と述べている。ここに出てくる「牡牛の魂をもつスティーヴン」("Bous Stephanoumenos")や「去勢牛を助ける詩人」("bullockbefriending bard")は、どちらも『肖像』や『ユリシーズ』ですでに数回反復されているフレーズである。

「牡牛の魂をもつスティーヴン」が『肖像』のテクストに初めて出てくる場面を見てみよう。スティーヴンは、修道会に入るべきかどうか思案にふけりながら、奇しくも"Bull"と呼ばれるダブリンの砂浜(ノース・ブル島)を散策している。そのとき彼は、友人たちから次のように呼びかけられるのを耳にする。「――来いよ、ディーダラス! 牡牛の魂をもつスティーヴン!

花冠を戴いた牡牛！」（“――Come along, Dedalus! Bous Stephanoumenos! Bous Stephaneforos!”）（*P* 4.739-40）。この声に啓示を受けるかのように、彼は神話の工人ダイダロスのごとく、魂の自由を求め、永遠に滅ぶことのないものを創造することを決意する。

ではどうして、ここでスティーヴンと牡牛が結びつけられているのだろうか。ギフォードによれば、この結びつきは、スティーヴンが無口なトマス・アキナス（Thomas Aquinas）のあだ名である「無口な去勢牡牛」（“dumb-ox”）を大学でつけられていたことによるとのことである（Gifford,1982, 220）。だが、この説明だけでは物足りないように思われる。一方、第十四挿話に現われる「去勢牛を助ける詩人」（“bullockbefriending bard”）は、スティーヴン自ら自分につけた呼び名である。初出は『ユリシーズ』第二挿話（*U* 2. 431）で、ギフォードによると、このフレーズはホメロス（太陽神の牛を殺した者が罰を受ける様子を『オデュッセイア』で描いたので「牛を助ける」ことになる）への言及、またはスティーヴンがやはりトマス・アキナスに心を奪われていることを示しているという（Gifford, 1988, 40）。とはいえ、このフレーズでスティーヴンをホメロスやアキナスに結びつけるのはやや難があるように思われる。この時点でスティーヴンは一人前の芸術家になれずに苦しんでおり、ホメロスやアキナスのような大家に比肩するような状況にあるとは言えないからである。

ここでジョイスのクレタ文明への関心について解説しておきたい。彼が『肖像』や『ユリシーズ』の執筆に励んでいたのと同時期である一九〇〇年から一九二二年にかけて、ハインリッヒ・シュリーマン（Heinrich Schliemann）やアーサー・エヴァンス（Sir Arthur John Evans）の手によって、クレタのクノッソス遺跡の発掘が進められていた。それと同時にギリシア神話と古代クレタ文明の関係も解明されはじめていた。発掘の成果の報告は、当時のジャーナリズムを大いに賑わしたという。そして『アシニーアム』（*Athenaeum*）と題した、十九世紀から二十世紀初頭にかけてロンドンで出版されていた文芸・科学雑誌一九〇二年号の記事によると、もともとジョイスが自分の筆名として用いていたスティーヴン・ディーダラスという名前は、彼がクノッソスの発掘に感激したために用いることにしたのだという（Cope, 48）。このような事情から考えると、ジョイスは、ただ単にオヴィディウスやホメロスによるギリシアの神話のみをもとにして作品を書いたのではなく、むしろ黎明期のギリシア古代文明の様相まで視野に入れて創作を行なったのだと推測できる。だとすれば、スティーヴン・ディーダラスと「牡牛」が結びつくのは、ジョイスの古代文明への強い関心の結果と考えるのが合理的であろう。

これらのことから、「牡牛の魂をもつスティーヴン」という呼び名には、明らかに古代クレタ文明が反映されており、第十四挿話において、この呼び名に続く「彼らの命の主人であり命を授ける者」にも、「牡牛」が王権と生命力の象徴として崇拝されていたことを読みとることができる。自らのことを「牡牛」と呼ぶスティーヴンには、第十四挿話では根源神話における胎児の役が与えられ、精子役のブルームとともに生命の連続性の意義を強調することになるのである。

産院で出産にまつわる議論がなされているうちに、ブルームは半ば眠りつつ夢の世界に入っていく。そして彼は、自分にとって永遠の理想である女性が天空に昇るというヴィジョンを見る。この女性像には、歌曲「マッパリ」（"M'appari"）の歌詞に出てくるマルタ（Martha）、彼の文通相手のマーサ・クリフォード（Martha Clifford）、そして娘のミリセントなど彼の周囲の女性のイメージが投影されている。この理想の女性は、ルビー色の三角形の星座となって、「牡牛座」の額に輝く。

そして見よ、輪廻転生の脅威を、それは永遠の花嫁たる彼女、明星の前兆、花嫁にして永遠なる処女。それはマーサ、汝失われた者、ミリセント、若くて愛しく輝ける者。プレアデス星団のなかの女王は、日の出前の時間に、輝く黄金のサンダルを履いて、薄地の布いわばゴッサマーのヴェイルをかぶって、穏やかに彼女は現われる。それは漂い、……それは光輝く。牡牛座の額の上でルビー色の三角の印アルファとして。

And lo, wonder of metempsychosis, it is she, the everlasting bride, harbinger of the daystar, the bride, ever virgin. It is she, Martha, thou lost one, Millicent, the young, the dear, the radiant. How serene does she now arise, a queen among the Pleiades, in the penultimate antelucan hour, shod in sandals of bright gold, coifed with a veil of what do you call it gossamer. It floats, . . . it blazes, Alpha, a ruby and triangled sign upon the forehead of Taurus. （*U* 14.1099-1109、省略は筆者）

「牡牛座」がゼウスを表わしていることを考えると、ブルームは夢のなかでクレタの根源神話のエピローグ、すなわちゼウス＝ディオニューソスとその妻が天で輝く光景を目にしていることになる（ケレーニイ、一四二）。この箇所は、次に示す第九挿話でのスティーヴンの愛を求める呟きと比べてみると対照的である。

彼女の腕を抜けて。
言い寄られて口説き落とされるのを待て。ああ、意気地なし。お前に誰が言い寄る？

天空を読め。自分を責める者。牡牛の魂をもつスティーヴン。お前の星位はどこにあるのか？

And from her arms.
Wait to be wooed and won. Ay, meacock. Who will woo you?
Read the skies. *Autontimorumenos. Bous Stephanoumenos.* Where's your configuration?（*U* 9.937-40）

クレタの根源神話の結末で夫婦神は仲良く天に昇って星になるのだが、スティーヴンには一緒に天上で輝く相手がいない。この思いは「お前の星位はどこにあるのか？」という自らへの問いに滲み出ている。皮肉なことに「牡牛の魂をもつスティーヴン」という呼び名のなかの「牡牛」は、ここでは彼が胎児と同じく母親とは切っても切れない関係にあることを示すだけである。

「牛」をめぐるテクスト

すでに述べたように、『ユリシーズ』第十四挿話では、"oxen" が殺害されるという文脈と "bull"

が生命力の源であるという文脈とが重なりあっている。"bull"の文脈のなかで、ブルームとスティーヴンは、ゼウスとディオニューソス父子のように連なって生命の連続性の意義を強調している。この文脈は、第十四挿話の出産というテーマと「太陽神の牛」というホメロスの枠組みを「牛」という共通項によって連関させる重要な役割を担っている。この挿話では、さらにミノタウロスの神話も重ねられ三層からなる「牛」の物語を読みとることができるのである。別の言い方をすると、第十四挿話のテクストは、「牛」が殺されるテクスト（「太陽神の牛」）、「牛」が崇められるテクスト（根源神話の「牡牛崇拝」）、そして「牛」と人間の関係の変化を物語るテクスト（ミノタウロスの神話）という三種類のテクストとの関連の上に成り立っているのである。

古代クレタ文明から現代にいたる歴史のなかで、「牛」と人間との関係は、さまざまな変化を重ねてきた。「牛」はかつて王権の象徴であったが、やがて生贄として殺されるようになり、ついには食用のための家畜になってしまったのである。第二挿話では、家畜としての「牛」が話題となるが、ここでスティーヴンが名前を挙げているピュロス王（Pyrrhus）(*U* 2.18) は、「牛」と人間の関係の変化を象徴している。ピュロス王は、古代西洋ではじめて家畜改良を行ない大型の「牛」をつくり出すのに成功した人物なのである（荒俣、三二八―一九）。

『ユリシーズ』の主人公たるブルームもスティーヴンも、それぞれが「牛」と深く関わり、「牛」

との独自の関係をつくってきた。かつてブルームは家畜業者の事務所に書記として勤めていた。『肖像』の冒頭は、幼少期にスティーヴンが「うしモーモー」(moocow)に出会うお話にはじまっている(*P*1.1-4)。この二人は人生のなかで独自の「牛」との関係の物語を創ってきたはずなのだ。

第十四挿話では、ブルームとスティーヴンの「牛」との関係の物語はクレタの根源神話の文脈のなかで関連していき、多様な文脈が混在しているなかで、一貫して生命の連続性の意義を強調している。ただし、「生まれたばかりの子牛の肉」(*U*8. 724, 14. 1292, 1297-98)について、スティーヴンは、胃の負担が軽くて済む食物だと得意げに話している(*U*14. 1291-93)のに対し、ブルームは第八挿話で、家畜市場における動物の気持ちを思いやって、「哀れな震える子牛たち」(*U*8. 724)への憐憫の情を示していた。われわれは、生命に対するこの二人の意識にはまだまだ大きな隔たりがあることも認めなければならない。

註

(1) 半人半牛の怪物ミノタウロスがアイルランドの矛盾した状況の象徴となっていることについては、拙論「スティーヴンと『蝙蝠の国』——『若き日の芸術家の肖像』における『アイルランド性』」を参照。

(2) ここでのゾーイーとは、第十五挿話に登場する同じ名前の娼婦“Zoe”の語源でもある。

第二部　絵画への拡がり

ジェイムズ・ジョイスとシルビア・ビーチ(『ユリシーズ』の最初の出版者)

第四章　ジェイムズ・ジョイスと視覚芸術に関する研究序論

――『ユリシーズ』を中心に

ミハリー・ムンカツィ《この人《エッケ》を見よ《ホモ》》, 1896年, デリ美術館

はじめに

ジェイムズ・ジョイスと視覚芸術、とりわけ絵画との関係を語ることは容易ではない。その理由の一つは、ジョイスがはたして絵画にどれほど関心があったのかがわかりにくいからである。リチャード・エルマンの『ジェイムズ・ジョイス伝』における一九一八年についての記述に『ユリシーズ』第十二挿話「キュクロープス」に関する次のものがある。

ジョイスは、友人たちが絵画などの他の芸術に持っている関心を自分も持っているようなふりはしなかった。もっとも、バジェンに、挿話「キュクロープス」は未来派的だと思わないかと言ったことがあった。ことばも音も用いない絵という芸術に当惑して、ズーター兄弟の友人の画家ルドルフ・マグリンに、絵によって何を描こうとしているのかと訊いた。[1]（430）

エルマンは、さらに一九二七年にオランダを旅したときのエピソードとして、「絵画芸術に惹かれることのめったにない彼が、フェルメールの《デルフトの眺望》の複製を購入した。この絵は以後、パリのアパートに飾られた」(592)と記している。これら二つのエピソードからだけでも、ジョイスの絵画芸術に対する関心についてのわれわれの判断がいかに難しくなるか想像がつくのではないだろうか。

ヨーロッパ文学と視覚芸術との関係についての秀でた研究の一つに、吉川一義の『プルーストと絵画——レンブラント受容からエルスチール創造へ』がある。本書で、吉川は、マルセル・プルースト(Marcel Proust)の『失われた時を求めて』(*À la Recherche du Temps Perdu*)と絵画の関係を取り上げた研究について、次のように説明している。

私が本書でまず目標としたのは、作家がいつ、どのように画家の作品と出会ったかを具体的に明らかにすることだった。その解明には、プルーストが生きた世紀末から今世紀初頭にかけての美術界の動向を踏まえたうえで、作家がどの美術館や展覧会に出かけ、どの私的コレクションを見ていたのか、どのような専門書や論文に目を通していたのかまで調べなければならなかった。(四)

ヨハネス・フェルメール　《デルフトの眺望》, 1661年, マウリッツハイス美術館

このような研究方法は、作品自体に加えて、伝記、書簡集に画家や絵画についての言及が豊富にあったプルーストであるからこそ可能なのだと思われる。ジョイスの場合には、同様の方法を試みることはきわめて困難な状況にある。たとえば、『ユリシーズ』では、音楽に関する言及は豊富にあるのに対し、画家や絵画への言及は非常に少ない。このことは、ジョイスの伝記や書簡集においても同様である。

吉川は、さらに『失われた時を求めて』における絵画への言及について、画家名の明示という観点から三つの種類に分けて、次のように解説している。

それにしても『失われた時を求めて』には膨大な量の絵画作品が採り込まれている。そこにはフェルメールの《デルフトの眺望》のように画家名とタイトルが明示され、画面が詳しく描写されている画もある。その反面、「レンブラント」とか「ブリューゲル」のように画家名だけが示され、その画面はたんに暗示されている場合も少なくない。また、コンブレーの小川にうかぶ睡蓮の描写のように、背後にモネの画が存在することは明らかなのに画家名が周到に隠されている場合もある。小説における実在画家の提示のしかたがこのように多岐にわたるのには、どのような根拠があるのだろうか。『失われた時を求めて』

にこれほど多くの絵画が登場するのは、もとよりプルーストの芸術趣味によるところが大きい。（五）

『ユリシーズ』の場合は、まず画家名とタイトルが明示され、画面が詳しく描写されている例は存在しない。次に、画家名だけが示されている例はいくつかある。ただしそこから個々の作品の具体的な画面の暗示を読みとることはできない。『ユリシーズ』を読んでいると視覚的イメージに訴える生き生きとした表現に何度か出会うことがある。ただしその背後に特定の画家の絵画の存在が明らかな例を見つけることは困難であり、むしろ読者が積極的にそのような絵画の存在の可能性を探っていく必要があるくらいなのだ。

では、ジョイスと視覚芸術の関係は希薄であり、これは研究テーマとして値しないのか、と言えば決してそうとは言えないであろう。まず、ジョイスの主要な作品の一つである『若き日の芸術家の肖像』（*A Portrait of the Artist as a Young Man*、以下『肖像』と略す）の題名のなかに「肖像」、「肖像画」を表わす"Portrait"が含まれていることに加えて、(2)次の三つの伝記的事実が、ジョイスの絵画芸術との深い関わりを示している。

第一にピーター・コステロ（Peter Costello）が著したジョイスの伝記のなかで紹介されている

アイルランド生まれの風景画家フランシス・ダンビー（Francis Danby）による世界の終末を描いた絵画、《第六の封印を開く》（*The Opening of the Sixth Seal*, 1828）にまつわるエピソード（63-64）である。おそらく一八九〇年頃、家庭教師のコンウェイ（Mrs. Conway）は、まだ十歳にもならないジョイスをダブリンのメリオン・スクエアに面したナショナル・ギャラリーに連れて行き《第六の封印を開く》をジョイスに見せた。この絵は、ほとんど赤と黒で描かれ、稲妻が大きく光っていた。この絵の恐ろしいイメージはジョイスの心に消すことのできないくらいの印象を与え、『フィネガンズ・ウェイク』をとおして轟く雷鳴の源は、遠くはこの絵にあると考えられている。

第二にジョイスは、ユニバーシティ・カレッジ・ダブリンに入学した一八九九年九月に、「王立ヒベルニア・アカデミー《この人《エッケ》を見よ《ホモ》》」（"Royal Hibernian Academy 'Ecce Homo'"）（*CW* 31-37）という絵画論を書いている。ハンガリーの画家ミハリー・ムンカツィ（Mihály Munkácsy）の宗教画《この人《エッケ》を見よ《ホモ》》（*Ecce Homo*, 1896）の演劇性に関する詳細な絵画論である。この絵画論についての評価はあまり高くはないものの（Fargnoli and Gillespie, 193-94）、絵画を分析しようとするジョイスの姿勢は十分に読みとることができる。

第三にジョイスの親しい友人であったフランク・バジェンが、一九一八年にチューリッヒで『ユリシーズ』執筆中のジョイスに出会う以前は、パリで絵の勉強をしていたことが挙げられ

フランシス・ダンビー《第六の封印を開く》，1828 年，アイルランドナショナルギャラリー

る。バジェンはジョイスにとって、絵画に関するさまざまな情報の供給源になっていたことは想像に難くない。実際、バジェンが著したジョイスとの交友の記録である『ジェイムズ・ジョイスと「ユリシーズ」および他の作品の成立』(*James Joyce and the Making of 'Ulysses' and Other Writings*)には、画家や絵画の話題がときどき登場している。ジョイスは一八八二年に生まれ、一九四一年に亡くなっている。代表作の『ユリシーズ』の出版は一九二二年である。ちなみに、プルーストは一八七一年に生まれ、一九二二年に没している。『失われた時を求めて』は一九一三年から一九二七年にかけて出版されている。ジョイスはプルーストのおよそ十年あとを生きたことになるが、二人がモダニズムの開花する二十世紀初頭を共有していたことは確かである。

この時代をもう少し詳しく見てみよう。ジョイスがはじめてパリに行った一九〇二年は、ポール・セザンヌ(Paul Cézanne)らによる後期印象派の時代であった。キュビズムを代表するパブロ・ピカソ(Pablo Picasso)は、ジョイスより一年早く一八八一年に生まれている。初のキュビズム絵画であるとされている《アヴィニョンの娘たち》(*Les Demoiselles d'Avignon*)の発表は一九〇七年であるが、そのとき、ジョイスは妻とともにトリエステに落ち着いていた。イタリアは、まもなく一九一〇年には、未来派の中心地となるが、ジョイスはトリエステの書斎に、フィリッポ・マリネッティ(Filippo Marinetti)が一九〇九年にパリで発表した「未来派宣言」のリプリントを持っていた。一九一五年にジョイス一家は、チューリッヒに移るが、まもなくそこで、トリスタン・ツアラ（Tristan Tzara）やジャン・アルプ（Jean Arp）によるダダイズムがはじまることになる。ダダイズムの流れをくみながら、新たに登場するのがシュルレアリスムである。一九二四年にアンドレ・ブルトン（André Breton）が「シュルレアリスム宣言」を発表し、この運動を明確なものにしている。マルセル・デュシャン（Marcel Duchamp）は、ダダイズムとシュルレアリスムの双方に関わっていた。ジョイスは、視覚芸術の新しい表現形態が続出する時代を生きており、そのようななかで前衛的な作家であるにもかかわらず絵画に無関心に生きていたとは考えにくい。むしろ、ジョイスは、絵画に強い関心を抱いていたのだが、巧みにそれをカムフラージュしていたと考えるほうが理に適っているように思われる。

かつて、ジョイスと音楽の関係については、数多くの研究が生み出された時期があった。近年は、ジョイスと絵画など視覚芸術の関係が注目されてきている。本章では、まずジョイスと視覚芸術に関する研究動向をまとめた上で、その問題点を明らかにし、これらをふまえて、『ユリシーズ』と視覚芸術の関係について、いくつかの挿話を取り上げて、どのような読みの可能性が考えられるかを検討してみることにしたい。

ジョイスと視覚芸術に関する研究の動向

ジョイスと視覚芸術を論じた研究のほとんどが、先に述べたような、十九世紀末から二十世紀初頭にかけての視覚芸術運動との関係で語られている。この分野の研究の嚆矢とも言えるのが、一九八四年出版のアーチー・ロス（Loss, Archie Krug）による『ジョイスの視覚芸術――ジョイスの作品と視覚芸術作品、1904-1922』（*Joyce's Visible Art: The Work of Joyce and the Visual Arts, 1904-1922*）で、この分野を総括的、体系的に解説した最初の決定版である。前半では、『ダブリンの市民』（*Dubliners*）、『肖像』と十九世紀末芸術や印象派絵画との関係が、後半では『ユリシーズ』とキュビズム、未来派、ダダイズムとの関係が論じられている。本書のテーマを引き継いだのが、二〇〇四年出版のクリスタ・マリア・ラーム・ヘイズ（Christa-Maria Lerm Hayes）による『芸術におけるジョイス――ジェイムズ・ジョイスに触発された視覚芸術』（*Joyce in Art: Visual Art Inspired by James Joyce*）という大著で、副題にもあるように、ジョイスが彼の同時代から現代にいたる画家や彫刻家に与えた影響が網羅的に解説されている。

以上の二点が、ジョイスと視覚芸術について一冊の本としてまとめた代表的なものになる。

さらにこの分野の研究論文として、著名な研究者によるものしては、ヒュー・ケナー（Hugh Kenner）による「キュビストの『肖像』」（"The Cubist *Portrait*"）（一九七六年）、ロバート・スコールズ（Robert Scholes）「モダニズムの娼館で――ピカソとジョイス」（"In Brothel of Modernism: Picasso and Joyce"）（一九九一年発表、スコールズの論文集である『ジェイムズ・ジョイスを求めて』[*In Search of James Joyce*] に収録されている）、ダニエル・シュワルツ（Daniel Schwartz）の著作、『モダニズムの構成変え』（*Reconfiguring Modernism*）の第六章「モダニズムの遺伝情報を求めて――文化形態としてのピカソ、ジョイス、スティーヴンズ」（"Searching for Modernism's Genetic Code: Picasso, Joyce, and Stevens as a Cultural Configuration"）（一九九七年）を挙げることができる。これらはどれも、モダニズムの流れのなかで、ジョイスと絵画の関係を、キュビズム、とりわけピカソとの関係に着目して解明しようとしたもので、主な論点は次のようにまとめられる。

（一）多角的視点の導入がキュビズム絵画と『肖像』や『ユリシーズ』で同様に見られること。
（二）キュビズムの特徴的な技法であるコラージュの影響が『ユリシーズ』第七挿話に見られること。
（三）ピカソの《アヴィニョンの娘たち》には娼婦が描かれているが、『ユリシーズ』第十五挿話にも娼婦が登場し、意義ある存在として詳細に描かれていること。

（四）ピカソは、道化（clown）を好んで描いたが、ジョイスも『ユリシーズ』の主人公レオポルド・ブルームを道化のように描いていること。

（五）ピカソもジョイスもミノタウロスのような神話的主題に関心をもち、作品中に導入したこと。

これらの研究によって、ジョイスと視覚芸術に関する基本的な問題はほぼ把握できるように思われる。

『ユリシーズ』と視覚芸術の研究の問題点

しかしながら、『ユリシーズ』に限った場合、これまでの研究でまだ十分に論じ尽くされていない点が三つある。第一に、『ユリシーズ』各挿話のテクスト細部や個々の場面と視覚芸術の関係を論じた研究があまり見られないことである。ちなみに、『ユリシーズ』の注釈書も、ギフォードによる『「ユリシーズ」注解』を含めて、歴史、音楽、他の文学作品についての言及に関する注釈に比べると、視覚芸術に関するものは乏しいように思われる。『ユリシーズ』のテクストと視覚芸術の関係に踏みこんで考察している数少ない例を挙げれば、ウェンディ・シュタイナー（Wendy Steiner）の著書、『ロマンスの絵画』（*Pictures of Romance* ）の第五章「ルネッサンス－モダニストの戯れ――ジョイスとピカソ」（"A Renaissance-Modernist Dalliance: Joyce and Picasso"）くらいになるであろう。シュタイナーは、第十三挿話における中年男ブルームと少女ガーティ・マクダウエルの関係をピカソの鉛筆画《サテュロスと眠れる女》（*Satyr and Sleeping Woman*）等と対比させながら綿密に分析しており、このような研究が今後は期待される。

『ユリシーズ』と視覚芸術の研究の二番めの問題点として、フランスなどヨーロッパ大陸の絵画とジョイスの関係の研究が、ピカソを中心としたキュビズム以後の作品との関係に偏っているということである。キュビズム以前の、エドゥアール・マネ（Édouard Manet）やクロード・モネ（Claude Monet）等の印象派や、ジョルジュ・スーラ（Georges Seurat）らによる新印象派絵画等も『ユリシーズ』との関係において積極的に探ってみてもよいのではないだろうか。ジョイスが、そして『ユリシーズ』における青年スティーヴン・ディーダラスが、はじめてパリに滞在した一九〇二年－一九〇三年は、キュビズム以前の画家たちがまだまだ活躍していた時代なのである。

アースキン・ニコル《ドニーブルックの村祭り》，1859年，テート・コレクション

第三の大きな問題点は、『ユリシーズ』とアイルランド絵画との関係の研究がされてこなかったということである。『ユリシーズ』では、名前が挙げられる画家や彫刻家自体がきわめて少ない。テクストに現われる名前は、「ミケランジェロ」（“Michelangelo”）（*U* 7.757）、「ギュスターヴ・モロー」（“Gustave Moreau”）（*U* 9.50）、「レオナルド」（“Leonardo”）（*U* 16.887）として現われるレオナルド・ダ・ヴィンチ（Leonárdo da Vínci）、そして第十二挿話における古《いにしえ》のアイルランドの英雄たちのリストに含まれている「ミケランジェロ・ヘイズ」（“Michelangelo Hayes”）（*U* 12.189）と「パトリシオ・ベラスケス」（“Patricio Velasquez”）（*U* 12.191-92）くらいである。このなかで、名前が変形されて挙げられているディエゴ・ベラスケス（Diego Velázquez）が世界的に著名なスペインの肖像画家であるのに対し、ミケランジェロ・ヘイズ（Michelangelo Hayes）はアイルランド絵

画史においてもマイナーな十九世紀の画家で、馬や軍事的テーマを専門に描いていた。これらの名前に加えて、アイルランドの詩人、ジャーナリスト、さらに画家でもあったＡＥことジョージ・ラッセル（George Russell）が登場人物として現われていることにも注目しておくべきであろう。『ユリシーズ』において、ジョイスはごくわずかの画家や彫刻家の名前にしか言及しておらず、アイルランド画壇ではミケランジェロ・ヘイズとジョージ・ラッセルに限られている。とはいえ、ジョイスが、アイルランド絵画史を完全に無視していなかったのも事実である。むしろジョイスは、ダブリンでアイルランド絵画を含めて多くの絵画を強い関心をもって見ていたのではないだろうか。ジョイスの強い関心は、少年期に見たダンビーの終末画に関する強烈な反応や、詳細な絵画論である「王立ヒベルニア・アカデミー《この人《エッケ》を見よ《ホモ》》」からも容易に想像できよう。

アイルランド絵画には、人々の実生活を描いたものが数多くある。ジョイスのテクストからだけでは推測できないことも、絵画によって、具体的なイメージが補われることもある。たとえば第五挿話の末尾で、ブルームは、「ドニーブルックの村祭り」（"Donnybrook fair"）（*U* 5.561）について思いを巡らしているが、この祭りについては、アースキン・ニコル（Erskine Nicol）が描いた全景画《ドニーブルックの村祭り》（*Donnybrook Fair*）を参照すれば、この祭りの具体的なイメージがわかるはずである。

『ユリシーズ』と視覚芸術

それでは、『ユリシーズ』のテクストに描かれるイメージから絵画とのどのような関係を読みとることができるのか、いくつかの具体例を見ていきたい。

まず、第一挿話では、舞台となるダブリン湾の描写が問題となる。ダブリン湾は、アイルランドの画家や作家によって、頻繁に取り上げられてきた場所であった。海の描写については、第五章で述べるように、スーラによる北フランスの海岸の絵との比較も興味深い。この挿話でスティーヴンは、ミルク売りの老婆から魔女の姿を連想しているが、老婆の魔女のようなイメージは、十九世紀末のアイルランド絵画にしばしば現われていた。フランク・オマーラ（Frank O'Meara）の《秋》（*October*）やヘンリー・アラン（Henry Allan）の《くず拾い》（*The Rag Pickers*）で描かれている老婆はいずれも黒い外套をまとい魔女のような姿をしている。

第二挿話では、ドガの絵との関連を読みとることができる。スティーヴンと彼が勤めている学校の校長、ギャレット・ディージー（Garret Deasy）との間で、ユダヤ人がイギリスの財界を握っていることが話題となり、そのときに、スティーヴンは、パリの株式取引所に群がるシルクハッ

フランク・オマーラ 《秋》, 1887年, ヒュー・レイン・ダブリン市立美術館

ヘンリー・アラン　《くず拾い》，1900 年，個人所有

トをかぶったユダヤ人を思い浮かべている。

パリの株式取引所の階段で、宝石をつけた指で相場をつけている。鵞鳥のガーガー声。彼らは礼拝堂の周囲に大声で野暮ったく群がっていた。彼らの頭は不格好なシルクハットの下でたくさんの企みを考えていた。(*U* 2. 364-67)

コステロは、この描写に関して、ジョイスはパリの国立図書館に通うためには、株式取引所を通りすぎなければならなかったと説明している (205)。この描写はジョイスの実体験に基づくものだという説明である。確かにジョイスがパリ滞在中に株式取引所の階段にたむろするユダヤ人を目にしたことは十分に考えられる。ただし、この場面が印象派の画家エドガー・ドガ (Edgar Degas) が一八七九年に描いた《株式取引所での肖像》(*Portraits at the Stock Exchange*) とぴったりと重なることも考慮すべきではないだろうか[(3)]。

リンダ・ノクリン (Linda Nochlin) は、ドガのこの絵について、「それはユダヤ人の銀行家、投資家、そして芸術の後援者たるアーネスト・メイが株式取引所の階段でボラトル氏とかいう人を一緒にいるところを描いている」(146) として、この絵に描かれた二人のユダヤ人、および絵の舞

エドガー・ドガ　《株式取引所での肖像》，1879 年，オルセー美術館

パリの株式取引所 (Bourse)（田村　章　撮影）

台を特定している。これにより、この絵の舞台とジョイスが描写する場面が一致する。さらに、ジョイスは、ユダヤ人について「彼らの頭は不格好なシルクハットの下でたくさんの企みを考えていた」と書いているが、これもドガのこの絵と一致している。ノクリンが「これは、実際には、陰謀を表わしたものである」（148）と説明しているように、この絵に描かれているのは、ユダヤ人による金融界における陰謀の様子なのである。十九世紀末には、イギリスだけではなくヨーロッパ各地で、ユダヤ人金融業者が私腹を肥やすために金融操作を行なっているという噂が広まっており、ドガのユダヤ人嫌いは、家族の銀行業の破産によって増幅されていた。ジョイスのテクストをドガのこの絵と無関係に読むことはもちろん可能ではあろう。しかし、場面自体が一致しているこの絵と対比させることによって、ジョイスのテクストがより重層的な拡がりを帯びてくるのは確かである。ユダヤ人問題は、『ユリシーズ』の重要なテーマの一つなのである。

パリの株式取引所でのユダヤ人のイメージに加えて、スティーヴンは、ディージー校長の部屋でさまざまな名馬の絵を目にするとともに競馬に思いを馳せている。馬や競馬場も十九世紀後半にドガが好んで描いた題材でもあった。

第三挿話は、「目に見えるものの避けられない様態。少なくとも、それは、それ以上ではなくても、ぼくの目をとおして考えたこと」(U 3.1-2) とはじまり、スティーヴンが芸術家として世界をどのように捉えるべきかを、アリストテレス (Aristotle)、ヤコブ・ベーメ (Jakob Böhme)、ゴットホルト・レッシング (Gotthold Lessing) の芸術論や認識論に触れながら省察する様子にはじまる。とりわけ、レッシングの『ラオコオン』(*Laocoön*) は、絵画と文学の関係に関する古典であるため、ジョイスとの関連性をあらためて考える必要があるだろう。

第四挿話と第五挿話は、ブルームの意識に現われるイメージに注目することになる。とりわけ、この二つの挿話をとおして、ブルームの東方世界への想像は具体的かつ鮮明である。オリエンタリズムのイメージは、十九世紀フランスにおいて、ジャン・アングル (Jean Ingres) らによって、さかんに描かれていた。アイルランドにおいては、十九世紀末に、アロイシアス・オケリー (Aloysius O'Kelly) がエジプトを中心に東方世界の人々の絵をたくさん描いていた。

第七挿話については、ロスが『ジョイスの視覚芸術』で詳しく論じている。まずこの挿話を特徴づけているのが新聞記事の見出しの使用である。ロスは、新聞の見出しの使用はもともとコラージュとしてキュビズム、未来派、ダダイズムにおいて用いられたもので、ジョイスはパリかチューリッヒでこうした作品を見て、第七挿話に取り入れたのではないかと推測している。ロスはまた、この挿話における市内電車や印刷機の描写が新しい社会を象徴するものであり、この描写がダダイズム芸術に描かれる同種のイメージと関連することを指摘している(51-56)。キュビズムの特徴の一つが多角的視点の導入であるが、これは都市を多様な人物の視点から捉えようとする第十挿話にもっとも顕著に見られる。

第九挿話でジョージ・ラッセルは自らの芸術論を述べている。次の引用では、幻想的、神秘的な絵画を描いた十九世紀フランスの象徴主義の画家ギュスターヴ・モロー(Gustave Moreau)について言及されている。

> 芸術というものは理念、すなわち形のない精神的な精髄を示さなければならないんだ。芸術作品に関する至高の問題はそれが人生のどれくらいの深みから湧き出ているのかということだ。ギュスターヴ・モローの絵は理念の絵だよ。シェリーのもっとも深遠な詩、ハムレットのことばは、ぼくたちの心を永遠なる英知、プラトンの理念の世界に触れさせてくれる。残りすべては学童が学童を相手に考えるようなことなんだ。(U9. 48-53)

なぜジョイスは、『ユリシーズ』の舞台となる一九〇四年六月十六日にラッセルがモローについて言及している場面を描いているのだろうか。理由の一つとして、一九〇三年にパリで、ギュ

ジョージ・ラッセル　《翼ある馬》，1904年，ヒュー・レイン・ダブリン市立美術館

スターヴ・モロー美術館が開館したばかりであり、モローは、美術界では注目の的になっていたことが挙げられるかもしれない。ただし、さらに重要な理由として、当時ＡＥことラッセルは、モローによる象徴主義の作風の絵をいくつか実際に描いていたことが考えられる。たとえば、彼が描いた《翼ある馬》（*The Winged Horse*）と題した光り輝くペガサスの絵は、一九〇四年に、ダブリン市内で二度にわたり展示されていた。このペガサスの絵について、これを所有するダブリンのヒュー・レイン市立美術館刊行の図録、『イメージと洞察』（*Images and Insights*）は、次のように解説している。

翼のある馬の力強いイメージが水の世界を突進する。そのなかで神のような乗り手がカンバス全体に放たれている輝く光の源となっている。AEの作品の画風、とりわけイメージは、象徴主義者のものであった。彼は自分の絵を文学的、哲学的、幻想的な理念を表現するために用い、そして、いろいろな意味で絵は彼にとって文学活動の拡張となるものであった。(80)

ラッセルが象徴主義の作品を描いて、文学的、哲学的、幻想的な理念を示していたというこの説明は、ジョイスが『ユリシーズ』で記した一九〇四年のラッセルの台詞が、実際の発言であった可能性を裏づけていると言える。

第十二挿話については、バジェンの『ジェイムズ・ジョイスと「ユリシーズ」および他の作品の成立』に記述がある。ジョイスはこの挿話について「未来派的」と述べ、それに対してバジェンは、「むしろキュビストだ」と答えている。

「この挿話は君に未来派的という印象を与えているかい?」とジョイスは述べた。

「未来派というよりはむしろキュビストだね」と私は述べた。「あらゆる出来事は多くの面があるものなんだ。その一つの見方をはじめに述べて、それを別の観点から別の縮尺で描くんだ。すると同じ絵のなかに二つの見方が隣りあうことになる。(156-57)

この会話は、第十二挿話の語りの本質をついたものとなっている。本書の第二章で見てきたように、この挿話は「現場の語り手」と「場外の語り手」による二つの視点から語られていた。細かなところでは、この挿話に現われる円塔と周囲の市場の描写がある。

美しきイニスフェイルに一つの国、聖なるミカンの国あり。そこに人々遠くから望み見る見張り塔そびえ立つ。そこに勇猛なる死者たち、誉れ高き戦士たち王たち、命ありし時眠るかのごとく眠る。そこはまさに心地よき国、水のせせらぎと魚ゆたかな流れに囲まれ、ホウボウ、ツノガレイ、ローチ、オヒョウ……その他、水の王国に棲むもの数えきれぬほど数多、そこにて戯れり。(*U* 12. 68-74、省略は筆者)

この描写は基本的にはダブリン市内の聖ミカン教会とその周囲が舞台だとされている。ただし絵画的イメージとしては、ジョゼフ・ピーコック(Joseph Peacock)が一八一三年に描いた《グレンダロッホでの守護聖人の祭り》(*The Pattern at Glendalough*)が重なってくるように思われる。ダブリンの南、ウィックロウの山中で、かつてヴァイキングの襲撃を見張るためにも用いられた高い円塔(round tower)の周囲に祭りの市が開かれ、多くの人々が集っている様子を細密に描いた絵画である。

第十三挿話は、「学芸」が「絵画」(Painting)とされている(Gilbert, 30)。そして、この挿話について、バジェンは「絵画的な挿話」と述べて、ジョイスの描写方法におけるアンリ・マティス(Henri Matisse)やオーギュスト・ロダン(Auguste Rodin)の(デッサンとの)筆致の類似を指摘している(216-17)。また浜辺に集う女性の姿は、モネの《トゥルーヴィルの海辺にて》(*The Beach at Trouville*, 1870)など十九世紀後半から二十世紀初頭の絵画にしばしば描かれてきたことも念頭に置く必要があるだろう。

第十五挿話と視覚芸術の関係を探るとすれば、この挿話が幻想や夢の世界に基づいている以上、まずはシュルレアリスムとの関係の考察が必要となるだろう。第十八挿話については、寝台に横たわるモリー・ブルームのイメージに、フランシスコ・デ・ゴヤ(Francisco de Goya)、マネ、アメデオ・モディリアーニ(Amedeo Modigliani)らによって描かれた、寝台の上に横たわる婦人像を重ねあわせることができるかもしれない。

ジョゼフ・ピーコック《グレンダロッホでの守護聖人の祭り》，1813年，アルスター美術館

「召使のひび割れ鏡」と"Ecce Homo"

『ユリシーズ』全体と視覚芸術の関係を語るにあたり、無視できないのが第一挿話におけるスティーヴンの「アイルランド芸術の象徴だよ。召使いのひび割れ鏡だ」(*U*1. 146)という台詞である。「召使のひび割れ鏡」がアイルランド芸術の象徴であるということの発言の解釈には諸説あるが、デクラン・カイバード(Declan Kiberd)の意見を引用しておきたい。

問題は十分はっきりしているようだ。すなわち、アイルランド復興運動の偏狭なノスタルジアである。復興運動を支持する者たちは、ひび割れた鏡というものが、キュビズムの絵のように、単一ではなく、多面的な自己の姿を写し出すということに気づかないのだ。それは、ことによると断片化されているかもしれないが、真正なものである。ひび割れた鏡が要求するものは、単一の自己イメージに誠実に心を傾けることではなく、人は皆、複数の自己を持っていて、それらに誠実であることは人生をかけた努力になるという認識なのである。単一の自己イメージに忠実であるとき、ロマン主義者は必然的に複数の他の自己イメージには不誠実となる。モダニズム芸術は、ワイルドの刺激をうけて、個性を強化する唯一の方法は、その数を増やしていくことだと気づいたのだった。(45)

カイバードはここで、「ひび割れ鏡」は、キュビズムの絵のように、自己を断片化するにせよ、多面的に映し出すものであるが、アイルランド復興運動の偏狭なノスタルジアは、「ひび割れ鏡」が映す自己の多面的な姿に気づきそこねたと指摘している。

カイバードの指摘のなかにある、キュビズムとアイルランド復興運動の対立は、アイルランド初のキュビストと言えるメイニー・ジェレット(Mainie Jellett、一八九七年－一九四四年)が、一九二三年にダブリンではじめて彼女のキュビズムの作品である《装飾》(*Decoration*)を展示した際のエピソードを思い起こさせる。ブルース・アーノルド(Bruce Arnold)は、ジェレットの作品を解説した自著で、アイルランド復興運動の代表的人物であったジョージ・ラッセルがジェレットの作品について厳しく批判した新聞記事を紹介している。その記事で、ラッセルは彼女について、「キュビズムのおそまきの犠牲者」(a late victim to Cubism)であり、キュビズムについては「このような芸術の形式における本当の欠点は、芸術上の約束事があまりにも単純で何も表わしてはいない」[4](80)と批判したのであった。

メイニー・ジェレット（Bruce Arnold, *Mainie Jellett* より）

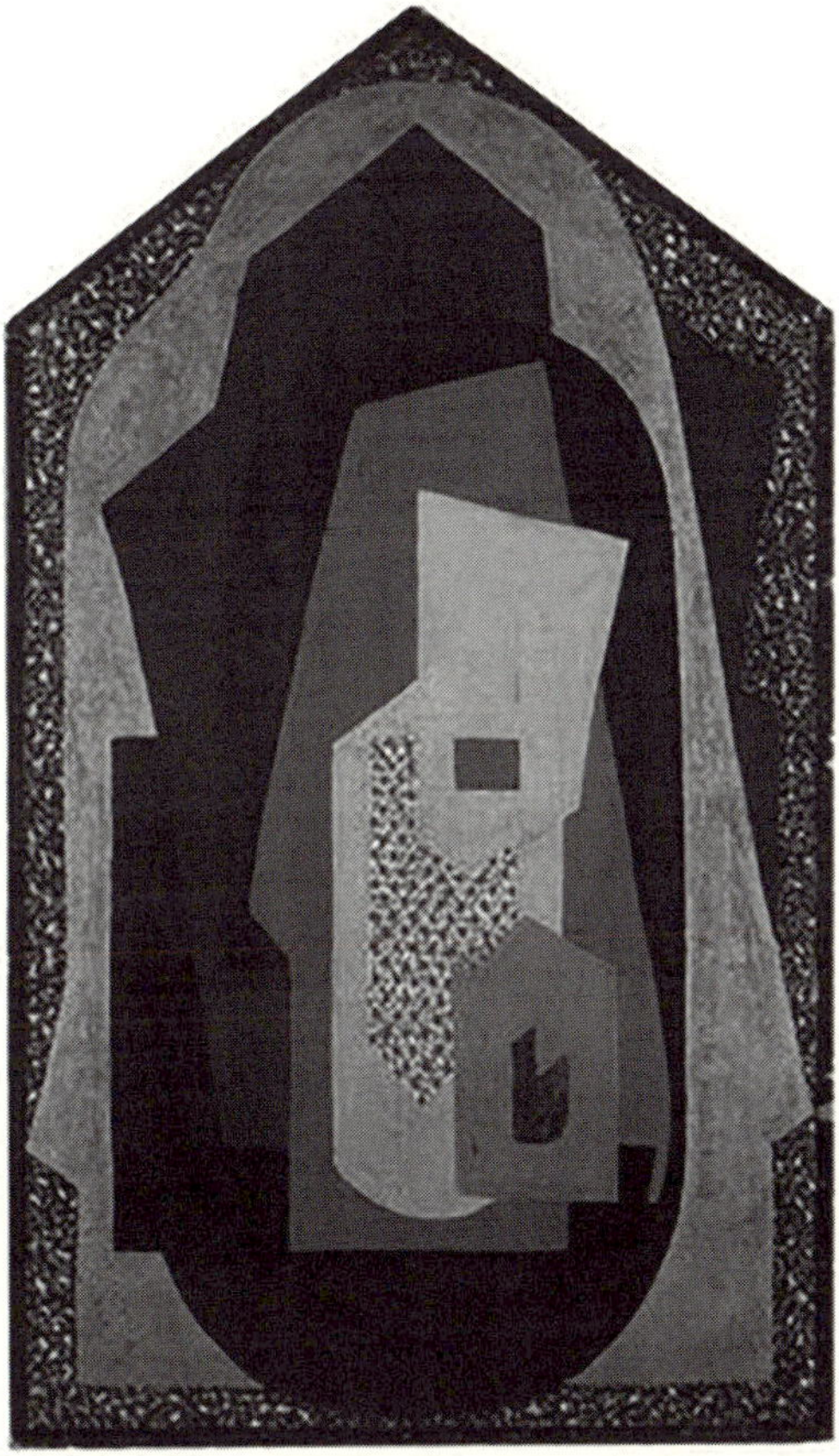

メイニー・ジェレット《装飾》，1923 年，アイルランドナショナルギャラリー

ジョイスがおそらくはキュビズムの影響を強く受けて『ユリシーズ』を書いたと考えられる一方、ジェレットはジョイスと彼の作品を深く理解していた。このことは彼女の芸術論集である『芸術家のヴィジョン――芸術についての講演と論考』(*The Artist's Vision: Lectures and Essay on Art*)に収められた二つの論文「現代絵画とそのいくつかの面」("Modern Painting and Some of its Aspects")と「現代絵画におけるリズムの重要性」("The Importance of Rhythm in Modern Painting")におけるジョイスに関する記述から明らかである。エルマンの『ジェイムズ・ジョイス伝』によると、ジョイスは、『ケルズの書』(*the Book of Kells*)について、「もっとも純粋にアイルランド的で、ページいっぱいに広がる大きな頭文字のいくつかは『ユリシーズ』の一つの章の本質的な性格を持っている」(545)と述べたとされているが、一方でジェレットは、『ケルズの書』とキュビズム芸術の根本的な類似に気づいていた。彼女は、『芸術家のヴィジョン』所収の論文「アイルランド芸術についてのことば」("A Word on Irish Art")のなかで次のように述べている。

現代の非リアリズム芸術と、ケルズの書、金属工芸、高十字架のようなケルト芸術の間に見られる理想の類似性にはたいへん目を引くものがある。与えられたスペースをリズミカルかつ調和の取れた状態で満たし装飾するセンスは、キュビストの絵画やそれに続く非

『ケルズの書』の「キー・ロー」ページ，9世紀頃，トリニティ・カレッジ図書館

> リアリズムの流派の第一の原則の一つであるが、アイルランドの作品にはっきりと見られるものである。さまざまな形はすべて、外形の境界線に囲まれた内側に収められ、全体には絡みあい、リズミカルに構成された動きの驚異的な戯れが見られるのだ。リアリズムというものは、たとえあるとしても、ある形と他の形の純粋な関係のなかで考えられた形式の要素と比べると二義的なものなのだ。(103)

スティーヴンの台詞にある「召使のひび割れ鏡」とは、『ケルズの書』に端を発し、キュビズム芸術に連なるアイルランド芸術の特性を述べているのではないだろうか。そして、この特性とは決してアイルランドの土着の文化を表わすためのものではなく、むしろ世界の普遍的な姿を示す「ケルト=アイルランド」の手法を表わしているように思われる。

ジョイスと視覚芸術の関係を考える際には、キュビズムを中心に二十世紀の新しい表現方法を検討することが、まず必須となるだろう。ただし、ジョイスにとってこの革新的な表現方法のルーツは、ジェレットと同様、『ケルズの書』にあったのではないだろうか。

『ユリシーズ』全体と視覚芸術の関係において、もう一つ重要なことは、ジョイスがはじめて書いた絵画論のテーマになった『この人《エッケ》を見よ《ホモ》』の絵に関してである。さまざまな画家が

ディエゴ・ベラスケス 《ラス・メニーナス》，1656 年，プラド美術館

『この人を見よ《エッケホモ》』すなわち「この人、つまりキリストを見よ」のテーマの絵を描いたが、これをテーマとする絵について、シュタイナーは、次のように指摘している。

絵画の感受を絵の主題に取り入れることは美術史をとおして継承されたのかもしれない。《この人を見よ《エッケホモ》》の場面で指を差す人物が典型的な例であるだろう。同様に自画像や画家のスタジオ（《ラス・メニーナス》はその明白な例である）のようなサブジャンルもそうである。(44)

シュタイナーは、「この人を見よ《エッケホモ》」をテーマにする絵は、「絵画的感受」（"pictorial reception"）、つまり絵画における主題の感受のしかた自体を絵の主題にしていると述べている。第三挿話が、スティーヴンの知覚認識に関する思索ではじまるように、『ユリシーズ』では、作品に描かれる世界をいかに認識するかということがしばしば問題となっている。この問題は、ジョイスが『ユリシーズ』第十二挿話で画家の名前を挙げたベラスケスの《ラス・メニーナス》、およびジョイスの絵画論のテーマとなった《この人を見よ《エッケホモ》》の絵画と共通した問題なのである。
『ユリシーズ』の背後には、キュビズム絵画、および感受自体を取り上げた絵画という二種類の絵画の流れを軸としながら、十九世紀末から二十世紀初頭にかけてのアイルランド、フランスを中心とした絵画群が参照すべきもの、比較対照すべきものとして控えている。こうした絵画群を探り出していくことは、『ユリシーズ』の読みをより豊かにするものになるのではないだろうか。

註

（1）『ジェイムズ・ジョイス伝』の日本語訳には、宮田恭子訳を用いた。ただし一部変更した箇所もある。

（2）丸谷才一は『肖像』の新しい日本語訳（二〇〇九年）のあとに付した論考「空を飛ぶのは血筋のせいさ」において、この作品のタイトルに含まれている"portrait"の意義を西洋絵画史と関連づけて詳しく論じている（四六九―五三八）。

（3）『ユリシーズ』第二挿話におけるスティーヴンのユダヤ人についての回想とドガの《株式取引所での肖像》との関係については、Neil R. Davison, "Joyce, Jewish Identity, and the Paris Bourse" *Images of Joyce*. Volume I. 23-46. も取り上げている。

（4）アーノルドが紹介している新聞記事は、*Irish Statesman*, 27 October 1923 に掲載されたものである（Arnold, 208）。

第五章　ジョージ・ムアからジェイムズ・ジョイスへ
――視覚芸術との関わりを中心に

エドゥアール・マネ《カフェのジョージ・ムア》, 1878-79年頃, メトロポリタン美術館

はじめに

ジェイムズ・ジョイス（一八八二年―一九四一年）を語る際に、しばしば比較されるのが、同じくアイルランド生まれの作家、ジョージ・ムア（George Moore、一八五二年―一九三三年）である。ムアは、ジョイス同様、若くしてパリに行き、画家のエドゥアール・マネやエドガー・ドガ、小説家のエミール・ゾラ（Emile Zola）、詩人ステファーヌ・マラルメ（Stéphane Mallarmé）らと交友を結び、その後、ロンドンの文壇に小説家として登場する。さらにアイルランドにしばらく定住し、詩人ウィリアム・バトラー・イェイツ（William Butler Yeats）やグレゴリー夫人（Lady Gregory）らとアイルランド文芸復興運動に参加したりもした。晩年はロンドンで創作を続けた。

ジョイスとムアの比較研究の代表的なものとしては、古い順に、フィリップ・マーカス（Phillip L. Marcus）が一九六八年に発表した「ジョージ・ムアのダブリン『エピファニー』とジョイス」（"George Moore's Dublin 'Epiphanies' and Joyce"）、アルバート・ソロモン（Albert J. Solomon）が一九七三年に出した「『ユリシーズ』におけるムアという人物」（"A Moore in *Ulysses*"）、一九七七年のリンダ・ベネット（Linda Bennett）による「ジョージ・ムアとジェイムズ・ジョイス――語り部対名文家」

(“George Moore and James Joyce: Story-teller Versus Stylist”)、パトリック・マッカーシー (Patrick A. McCarthy) の一九八三年出版の論考「ムアとジョイスの結びつき——アイルランドのある文学喜劇」(“The Moore-Joyce Nexus: An Irish Literary Comedy”)、デーヴィッド・ウィアー (David Weir) による一九九五年刊行の『デカダンスとモダニズム』(*Decadence and Modernism*) の第六章「ジョイスとジッド」(“Joyce and Gide”) での詳細なジョイスとムアの関係についての言及を代表的なものとして挙げることができる。日本人では、安達正が『ジョージ・ムア研究』(二〇〇一年) のなかで、ジョイスとムアの関係について解説している。

ムアとジョイスの共通点については、以上の研究が多様な観点から指摘しているが、まずはマッカーシーや安達が指摘しているもの (McCarthy, 99-100、安達二一五) を提示しておきたい。

(一) アイリッシュ・カトリックであったが、それを拒否し、自らエグザイルを選んだこと

(二) 若いときにロマン主義、ついでリアリズム、さらに世紀末審美主義の影響を受けたこと

(三) 大衆や社会から距離を保った上で芸術に専念したこと

（四）イギリス小説の伝統から離れ、詩、絵画、音楽の影響を取り入れたこと
（五）自作品のモデルをイギリスとアイルランドの外、とりわけ、ロシア、フランスに求めたこと

ジョイスとムアの以上の共通点は、モダニズムが生まれ、それが定着、発展していく時代を考える際に重要である。とくに、ムアがパリに留学した動機が画家になるためであったことを考えると、視覚芸術の様式の変化も考えておく必要があると思われる。

本章では、ムアの自伝的作品である『一青年の告白』（*Confessions of a Young Man*, 以下『告白』と略す）のテクストと、これと対比させられることが多いジョイスの『若き日の芸術家の肖像』（以下『肖像』と略す）、および作品中でムアに言及されている『ユリシーズ』のテクストとの関係を考察してみたい。とりわけ、テクスト中の従来あまり取り上げられなかった箇所に注目してみたいと考えている。また本章では、二人の作家の視覚芸術に対する捉え方に焦点をあてる。そのとき、印象派絵画に端を発し、キュビズムや未来派、シュルレアリスムへと発展していく視覚芸術のモダニズムに関連して、作家のモダニズムに対する根本的な考え方にも触れておきたい。

ジョイスは、友人のアーサー・パワー（Arthur Power）に現代作家（modern writer）の役割について、

次のように述べていたことが『ジェイムズ・ジョイスとの会話』(*Conversation with James Joyce*)に記されている。この発言にはジョイス自身のモダニズム観が示されている。

私たちが普通の生活を送っているとき、私たちは、別の時代に他の人々によって提示された型《パターン》、教会と国家によって私たちに押しつけられた客観的型《パターン》に従って、慣習的な生活を過ごしているのである。しかし作家というものは客観的なものに対して継続して戦わなければならないのである。これが作家の務めなのである。永遠なる本質となるものは想像力と性的本能であるが、型に従った生活はこのどちらをも抑圧する。この現代の葛藤から現代生活《モダンライフ》という現象が生じるのだ。(86)

ジョイスは、芸術家は教会や国家によって押しつけられた「客観的な型《パターン》」と絶えず戦わなければならないと述べていたのである。本章では、ムアからジョイスへと引きつがれていく芸術観を考察するにあたり、二人の教会や国家の捉え方にも着目しておきたい。以上をもとにアイルランドにおけるモダニズムの導入と成立の一端を解明していくことにしたい。

ムアとジョイスをめぐる時代背景

ムアとジョイスが生きた十九世紀末から二十世紀初頭にかけてのアイルランドの時代背景で本論と関わる部分を見ておきたい。この時代のアイルランドの画壇について、S・B・ケネディ(S. B. Kennedy)は、「一八八〇年代のアイルランドにおけるモダニズム運動は文芸復興のはじまりとほとんど同時に起こった」(1)と述べ、さらに次のように説明している。

アイルランドにおける一八八〇年代から一九五〇年代にいたる時代は、国家のアイデンティティという観念に強く彩られていた。モダニズムを信奉する者は、仮にもそのようなことについて考える以上、新しい芸術たるものは、態度においては国際主義的であり、政治的な独立によってつくられる、時代やチャンスの精神をもっともよく表現したと考えた。しかし同じ時代にあって、より国家主義的な精神をもつ者は、国というものが自己充足を求めるのに適切な唯一のテーマたるものは、それ自体の伝統に由来するものだと考えた。(1-2)

この時期のアイルランドの画壇は、ヨーロッパ大陸からのモダニズムの流入とナショナリズムや文芸復興運動と連動したアイルランド独自の芸術を確立しようとする動きという二つの流れのなかにあったのだ。

ムアは、もともと画家を志してパリへと向かった。滞在中の一八七四年に印象派が成立する第一回印象派展が開催され、またマネやドガらと交友があったことは、よく知られており、このあたりの経緯は、『告白』に詳しく書かれている。

アイルランドではそれより、十年以上遅れて、一八八四年にダブリン・スケッチクラブ (the Dublin Sketching Club) 年次大会に画家のジェイムズ・マクニール・ホイッスラー (James McNeill Whistler) やジョン・シンガー・サージェント (John Singer Sargent) らが招かれた。このなかで、最も前衛的なのがホイッスラーであり、絵で重要なのは、主題ではなく、「色彩、形の構造、配置のパターン」("the colours and other formal structures and patterns in the composition") であるとし (Kennedy, 4)、今後の抽象芸術につながる考えを示した。このときホイッスラーは、二五の作品をダブリンに持ち込み、なかには《グレーと黒のアレンジメント 第一番 画家の母親の肖像》(*Arrangement in Grey and Black No.1: Portrait of the Painter's Mother*) のような代表作とされているものも含まれていた。

ジェイムズ・マクニール・ホイッスラー《グレーと黒のアレンジメント　第一番　画家の母親の肖像》，1871 年，オルセー美術館

これらの展示はダブリンの画壇に新しい考え方をもたらした。ちなみにムアは一八九三年に出版する『現代絵画』（*Modern Painting*）の第一章でホイッスラーを論じているが、アイルランドの視覚芸術におけるモダニズムはホイッスラーの展示にはじまるのかもしれない。

次に、一八九九年にダブリンで現代絵画（Modern Painting）展が開催され、ドガやマネをはじめ多数の印象派絵画がはじめて展示された。この年に、奇しくもジョイスは、唯一の絵画論である「王立ヒベルニア・アカデミーの『この人を見よ《エッケホモ》』」を書いていた。一方で、アイルランド文芸復興運動がさかんになり、ムアはイェイツらの誘いでこれに一時的に参加していた。

その後、画壇においても、アイルランドの独自性の模索がはじまる。一九〇一年には、風景画家ナサニエル・ホーン（Nathaniel Hone）と画家ジョン・バトラー・イェイツ（John Butler Yeats）の展覧会が開催される。ジョン・バトラー・イェイツは、詩人イェイツや画家ジャック・バトラー・イェイツ（Jack Butler Yeats）らの父である。この展覧会が、アイルランド独自の芸術の確立の必要性が高まるきっかけとなった（Kennedy, 6-7）。この展覧会を見た画商で、グレゴリー夫人の甥であるヒュー・レイン（Hugh Lane）は、これを機に、アイリッシュアートの発展に乗り出すようになる。

一方、ジョイスは一九〇二年にパリに出発する。そして帰国後の、一九〇四年六月十六日に

ジョン・シンガー・サージェント《ヒュー・レイン卿の肖像》，1906年，
ヒュー・レイン・ダブリン市立美術館

妻となるノラ・バーナクル（Nora Barnacle）と出会い、この日のダブリンが『ユリシーズ』に描かれたことはよく知られている。一九〇四年には、ヒュー・レインはダブリン市現代美術館構想を打ち出している。この美術館構想は、アイルランド文芸復興運動の精神と軌を一にし、グレゴリー夫人、詩人イェイツらがレインの周りに協力者として集まるようになる（杉山、二七一―七二）。その後、この美術館の建設をめぐり、ダブリンでは激しい論争が続くことになる。

このように、詩人イェイツ、グレゴリー夫人、そしてムアは、視覚芸術に強い関心を示していた。さらに『ユリシーズ』に登場する作家ジョージ・ラッセルは、同時に画家として活躍もしており、すでに述べたように、象徴主義の画家ギュスターヴ・モローの影響を強く受けていた。ジョイスと視覚芸術の関係は、これまであまり論じられてこなかった。その理由は、ジョイスの作品において、音楽や他の文学作品に比べて、視覚芸術への言及がはるかに少ないこと、そして、このテーマに関わる資料が少ないことにある。このようななかで視覚芸術の発展とジョイスのテクストの成立の間に、ジョージ・ムアを置いてみることは、この関係を考える際に意義があるように思われる。

そこでまず、『ユリシーズ』第十二挿話中にある古《いにしえ》のアイルランドの英雄のリストの次の部分について、はじめに考えてみたい。

……ミケランジェロ・ヘイズ、マホメット、ラマームアの花嫁、隠修士ピーター、お手盛りピーター、黒髪のロザリーン、パトリック・W・シェイクスピア、ブライアン孔子、ムルターハ・グーテンベルグ、パトリシオ・ベラスケス……

. . . *Michelangelo Hayes*, Muhammad, the Bride of Lammermoor, Peter the Hermit, Peter the Packer, Dark Rosaleen, Patrick W. Shakespeare, Brian Confucius, Murtagh Gutenberg, *Patricio Velasquez* . . . . (*U* 12. 189-92、省略、強調は筆者)

『ユリシーズ』は、視覚芸術に関する言及が少ないなかで、ここでは例外的に著名な画家の名前が二人挙げられている。"Michelangelo Hayes" は、そのままフルネームで考えれば、十九世紀のアイルランドで馬や軍事的なテーマを主に取り上げていた画家の名前であるが、"Hayes" を外すと、イタリア、ルネサンス期に活躍した芸術家のミケランジェロと読むこともできるであろう。"Patricio Velasquez" は、スペインの肖像画家のディエゴ・ベラスケス (Diego Velázquez) の名前が変形されたものと考えることができる。なぜジョイスはこの二人を「アイルランドの英雄のリスト」に加えていたのかは、これまで明確な理由は示されたことはなかった。そこでムアが著した『現代絵画』第一章「ホイッスラー」（"Whistler"）のなかで、二人の名前が次のように挙げられていることに注目したい。

もっとも偉大な画家たち、まさにもっとも偉大な画家、ミケランジェロ、ベラスケス、そしてルーベンスは、天賦の才能に恵まれており、才能と同じく健全さの指標となっている。

The greatest painters, I mean the very greatest—*Michael Angelo, Velasquez,* and Rubens—were gifted by Nature with as full a measure of health as of genius. （15、強調は筆者）

このようにムアは偉大な画家として、ミケランジェロとベラスケスの名前を挙げている。ジョイスが第十二挿話で示した「アイルランドの英雄のリスト」に含まれる二人の芸術家の名前は、ムアに由来するのかもしれない。もしそうだとすれば、これら二つの引用は二人の絵画に関する捉え方の共通性を示していることになる。[1]

『一青年の告白』と『若き日の芸術家の肖像』

このような時代背景のなかで、ムアとジョイスはどのように生きようとしたのだろうか。自伝的作品であるムアの『告白』とジョイスの『肖像』を比べながら検討したい。

『告白』でムアは自分に大きな影響を与えた文学者として、イギリスロマン派詩人のパーシー・ビッシュ・シェリー（Percy Bysshe Shelley）、フランスの詩人のテオフィル・ゴーチエ（Théophile Gautier）、フランスの小説家のオノレ・ド・バルザック（Honoré de Balzac）、イギリスの作家のウォルター・ペーター（Walter Pater）の四人を挙げており、この四人の作品との出会いが、物語の骨格になっている。

四人のなかでも、シェリーは、ムアが最初に大きな影響を受けた詩人として「シェリーは私の魂の神となった」（3）と『告白』の冒頭で紹介されている。そしてシェリーの影響でムアがカトリック信仰を捨てたことについて、「シェリーの無神論をきっかけに私はカント、スピノザ、ゴドウィン、ダーウィン、ミルを読むようになった」（9）あるいは「人生の早い時期に私はシェリーの助けによってキリスト教信仰をすべて捨ててしまった」（48）と述べられている。シェリーは、同様に若き日のジョイスにも大きな影響を与えていた。このことは、スティーヴンがシェリーの「月に」（"To the Moon"）からの一節を呟いて自分を慰めたり（*P* 2.1266-75）、自らの芸術論の展開のなかで、「詩の擁護」（"A Defence of Poetry"）から引用している（*P* 5.1395-405）ことから推測することができる。

ムアは、一八七三年に画家を志してパリへ向かう。そしてジョイスはおよそ三十年後の一九〇二年にパリに行く。ムアのアイルランドとカトリックへの嫌悪感は、パリ滞在中の心境として、『告白』の第八章冒頭で、「私の性格の二つの主たる特徴――生まれもっての母国への嫌悪と私が育てられた宗教への激しい憎悪」（88）と述べられている。第十章でムアはロンドンに移ったあと、かつて滞在したパリでの心境を次のように回想している。パリ滞在中にムアは、生まれ育ったアイルランドにおける民族と言語による束縛から自らを解放し、再生させようとしたのであった。

もっとも感受性に富む年月である二十歳から三十歳のあいだ、感覚と精神がもっとも幅広く目覚めているときに、人間のなかでももっとも感受性の強い私は、フランスで過ごした。在留英国人の間ではなく典型的なフランス人の間で、無関心な傍観者ではなく熱狂者としてである。心と魂に自己をこの国の環境に同化させようと奮闘し、自分自身を民族と言語から解き放ち、国民性の言わば新たなる子宮のなかで自身を再創造し、その理想、その道徳、その思考様式を身に着けようとしたのである。そして私はたいへんうまくできたので、故郷に帰ったとき街路や郊外の庭園のあらゆる様相が私には新鮮に思われた。ロンドンっ子の暮らし方について私は何も知らなかった。

The years that are most impressionable, from twenty to thirty, when the senses and the mind are the widest awake, I, the most impressionable of human beings, had spent in France, not among English residents, but among that which is the quintessence of the nation, not an indifferent spectator, but an enthusiast, striving heart and soul to identify himself with his environment, *to shake himself free from race and language and to recreate himself as it were in the womb of a new nationality, assuming its ideals, its morals, and its modes of thought,* and I had succeeded so well, that when I returned home every aspect of street and suburban garden was new to me; of the manner of life of Londoners I knew nothing.（114、強調は筆者）

ムアは、民族と言語によるアイルランド人としての束縛から自らを解放し、そして自らを再創造しようと、パリで試みたのである。ムアのこのような思いと同様のものを『肖像』の主人公スティーヴン・ディーダラスは、しばしば表明している。とりわけ、彼がアイルランドからパリへ旅立つ直前に述べる「人間の魂がこの国に生まれると、そこにいくつもの網が投げかけられて、それが飛び立ってしまわないようにする。君はぼくに国民国家とか言語とか宗教について話してくれるね。ぼくはこれらの網をすり抜けて飛び立つのさ」(*P* 5.1047-51) という台詞は、ムアが抱いた思いと非常に似たものになっている。

ムアは、『告白』で、パリに来てから一年後の一八七四年に開催された第一回印象派展で、フランス絵画における従来の伝統が滅び、新しい動きが生まれるのを目の当たりにしたことに触れている。続けて彼は、文学における印象主義の導入を意識しはじめたことについて、ヴィクトール・ユゴー (Victor Hugo) の詩を分析しながら、「『ように』とか『ごとく』を用いずに、単に事実を述べることによって、イメージ、いやむしろ、印象が生み出される」("Without a 'like' or an 'as,' by a mere statement of fact, the picture, nay more, the impression, is produced.") (45) と述べ、このなかで「印象」(impression) という語を意識的に用いている。

ムアは、故郷アイルランドに帰ってから一九〇五年に出版した小説、『湖』(*The Lake*) のなかで、イメージの反復といった印象派的な技法を取り入れたと言われている。マッカーシーは、ムアのこの作品がジョイスに影響を与えたことを指摘している。

ジョイスは『湖』の結末の美しさの影響は受けてはいないと述べている。しかし彼の作品はムアによるイメージの反復や他の印象主義的な効果の巧妙な用い方に深い影響を受けているのだ。(108-09)

マッカーシーは、ムアはフランスの小説家、エドゥアール・デュジャルダン(Edouard Dujardin)から、小説技法について大きな影響を受けたとし、絵画的な技法について具体的に次のように説明している。

ムアがデュジャルダンから学んだことは、実のところ、印象主義的描写を用いることの大いなる可能性なのである。ただしリチャード・ケーブが注目していたとおり、ムアは、絵を見る者がそのさまざまなスタイルを眺めて気づくように、感覚データの選択は個人的で主観的な目的のためになされていたということを読者に気づかせることによって、『月桂

樹は切られた』を改良したのである。(109)

その上で、マッカーシーは、ジョイスはとくに『肖像』の技法は、デュジャルダンのものよりも、むしろムアのものに近いと指摘している(109)。

ジョイスが『肖像』のなかで、印象派絵画の技法をどのように用いたかということについては、モーリス・ビーブ(Maurice Beebe)が論文、「肖像としての『肖像』——ジョイスと印象主義」(“The *Portrait* as Portrait: Joyce and Impressionism”)で網羅的に論じている。その要点は次のとおりである。

(一)印象派の美学で重要なのは、知覚するという行為そのものであり、『肖像』のねらいもそこに近い。(16-17)

(二)ジョイスのイメジャリーの選択は、印象派による水、影、雲、窓、鏡の使用の影響を強く受けている。(19)

(三)『肖像』のなかで、スティーヴンが書くヴィラネル詩や日記は、人生のはかない瞬間を色や色調を加えて描いたものであるが、これらは印象派絵画と共通のものがある。(27-28)

『肖像』のテクストと印象派絵画は、大学進学を控えたスティーヴンが、聖職者になる道を捨てて、芸術家になる決意をしようとする直前の場面で結びついているように思われる。スティーヴンは、ダブリン郊外のノース・ブル島へ散歩をしているとき、大学進学によって親の保護監督から解放される思いで高揚し、次の引用のように「気まぐれな音楽の旋律」（"notes of fitful music"）を聞いたような気がしている。

彼は気まぐれな音楽の旋律が、真夜中の森から三つに枝分かれした炎が気まぐれに次から次へと飛び出るように、全音程飛び上がり、そして減四度下がり、全音程上がり、長音程三度下がるのを聞いたように思われた。それは小妖精の前奏曲で、終わりがなく形もなく、そしてより奔放に、より速くなるにつれて、炎は調子外れに飛び跳ね、彼には枝の下、草の下で野生動物たちが駆け回り、彼らの足が雨のように草の上でパタパタと音を立てるのを耳にしているように思われたのだ。（*P* 4.637-45）

ドン・ギフォードは、スティーヴンが聞くメロディーを印象主義の作曲家クロード・ドビュッシー（Claude Debussy）の音楽が背後にあると指摘し、さらに「小妖精の前奏曲」（"elfin prelude"）という語句は、ドビュッシーの『牧神の午後への前奏曲』（*Prélude à l'après-midi d'un faune*）のアリュージョンであると注釈をつけている（Gifford, 1982, 218）。

ノース・ブル島への木の橋を渡るとき、スティーヴンは、お気に入りの一句を呟いている。彼は、その句を周囲の風景と重ねあわせて、次のようなイメージを描きながら、ことばの色彩やことばのリズムについて思いを巡らしている。

彼は秘蔵にしているなかから一句を引き出して、そっと口ずさんだ。

—海上に浮く斑雲の日

その句とその日とその場面が調和して和音を奏でた。ことば。それともことばの色彩なのだろうか？　彼はことばの色合いが次から次へと輝き色褪せてゆくにまかせた。日の出の黄金色、リンゴ園の赤褐色と緑色、波の紺碧色、灰色に縁取られた綿雲。いや、それはこれらの色ではない。それはその文自体の均衡と平衡なのだ。するとぼくは伝説と色の連想よりもことばのリズミカルな上下動のほうを好むのだろうか？　あるいは性格が内気なように視力が弱いため、多くの色と豊かな物語に溢れたことばのプリズムをとおした色あ

ノース・ブル島への木の橋（田村　章　撮影）

ざやかな知覚可能な世界についての熟考からよりも、明晰な美文である散文で書かれた完全に映し出された個人的感情の内なる世界についての沈思のほうから、より多くの喜びを得るのだろうか？

He drew forth a phrase from his treasure and spoke it softly to himself:

—A day of dappled seaborne clouds.

The phrase and the day and the scene harmonised in a chord. Words. Was it their colours? He allowed them to glow and fade, hue after hue: *sunrise gold, the russet and green of apple orchards, azure of waves, the greyfringed fleece of clouds*. No, it was not their colours: it was the poise and balance of the period itself. Did he then love the rhythmic rise and fall of words better than their associations of legend and colour? Or was it that, being as weak of sight as he was shy of mind, he drew less pleasure from the reflection of the glowing sensible world through *the prism of a language* manycoloured and richly storied than from the contemplation of an inner world of individual emotions mirrored perfectly in a lucid supple periodic prose?（*P* 4.688-703、強調は筆者）

この引用を読むときには、印象派絵画における色彩の用い方に関する池上忠治による解説が参考になる。

印象派のもたらした新しい特質として、ふつう筆触分割ということが言われる。なるべく画面を明るくしたいので、黒や褐色をさけ、プリズムが陽光を分析して出す三原色（赤・青・黄）と、それらの二つの混合で得られる紫・緑・橙のみを用い、これらをパレットの上で混ぜることなく、補色関係に配慮しながら小さな筆触を画面に並べてゆく、というやり方である。（十一）

先ほどの引用で、スティーヴンは、印象派の画家のように、あざやかな色彩で目に映る風景を描くことに思いを馳せ、さらにプリズムによってスペクトルに分光されて出された色で世界を描く技法と作家がことばを用いて世界を多彩に描く方法とを重ねあわせている。しかし自らの視力の弱さを振り返り、外界の描写よりも内的な一人きりの情緒の世界への関心に喜びを見出だそうとしているのである。この直後に、スティーヴンは、自分の天職として芸術を選ぶ決意をすることになる。

ノース・ブル島のような浜辺は印象派の画家が好んで描いた場所であった。ジョイスは『ユリシーズ』でも、第十三挿話のような浜辺を舞台にした挿話では、印象派絵画との関わりを思わせる箇所を見つけることができる。たとえば、次の箇所では、レオポルド・ブルームは、浜辺の対岸にあるホウス岬の灯台の光からプリズムによる分光のことを思い出している。

赤の光線は波長がもっとも長い。アオキミブコムとヴァンスが教えてくれた。赤、オレンジ、黄色、緑、ブルー、紺色、紫。星が一つ見える。金星？ まだわからない。（*U* 13.1075-76）

それでは次に、『ユリシーズ』のテクストとムアによるテクスト、さらにムア自身との関わりを見ることにしたい。

ダブリン湾をめぐるジョイスとムア

『ユリシーズ』も、ジョージ・ムアや彼の作品と複雑に関連している。まず、わかりやすい

ホウス岬のベイリー灯台（田村　章　撮影）

ところでは、『湖』の主人公のオリバー・ゴガティ（Oliver Gogarty）神父の名前は、ジョイスの友人で、医者で作家のオリバー・ゴガティの名前に由来しており、さらにこの人物は、『ユリシーズ』のなかで、スティーヴンの悪友のバック・マリガン（Buck Mulligan）として登場している。マッカーシーは、『ユリシーズ』第一挿話の最後で、マリガンがダブリン湾に入って泳ぎはじめる場面が、ゴガティ神父が湖に入る場面に対応していることを指摘している（111）。

『ユリシーズ』第一挿話では、舞台となるマーテロ塔の周囲のダブリン湾が詳細に描写されている。ダブリン湾は、北はホウス岬（Howth Head）からリフィー川河口を経て南のドーキー島（Dalkey Island）のあたりにいたっており、本書第四章で触れたように、たくさんの風景画の舞台となっていた。ホイッスラーによる《ダブリン近くのホウス岬》（*Howth Head, near Dublin*）、や、十九世紀アイルランドの画家リチャード・ビーチー（Richard Beechey）による《キングスタウン港外の英国郵便船「レンスター号」》（*The Royal Mail Packet "Leinster" outside Kingstown Harbour*）という郵便船の絵は、ダブリン湾を舞台とする絵画の例である。画家たちは、その関心をダブリン湾のさらに南にも向けている。北ウィックロウにある特徴的な姿のブレイ岬（Bray Head）も数多くの絵画に描かれている。この岬の姿をジョイスは、『ユリシーズ』第一挿話で「眠れる鯨の鼻先のように水面に横たわるブレイ・ヘッドの丸い岬」（*U*1.181-82）と描いている。ただし実際に

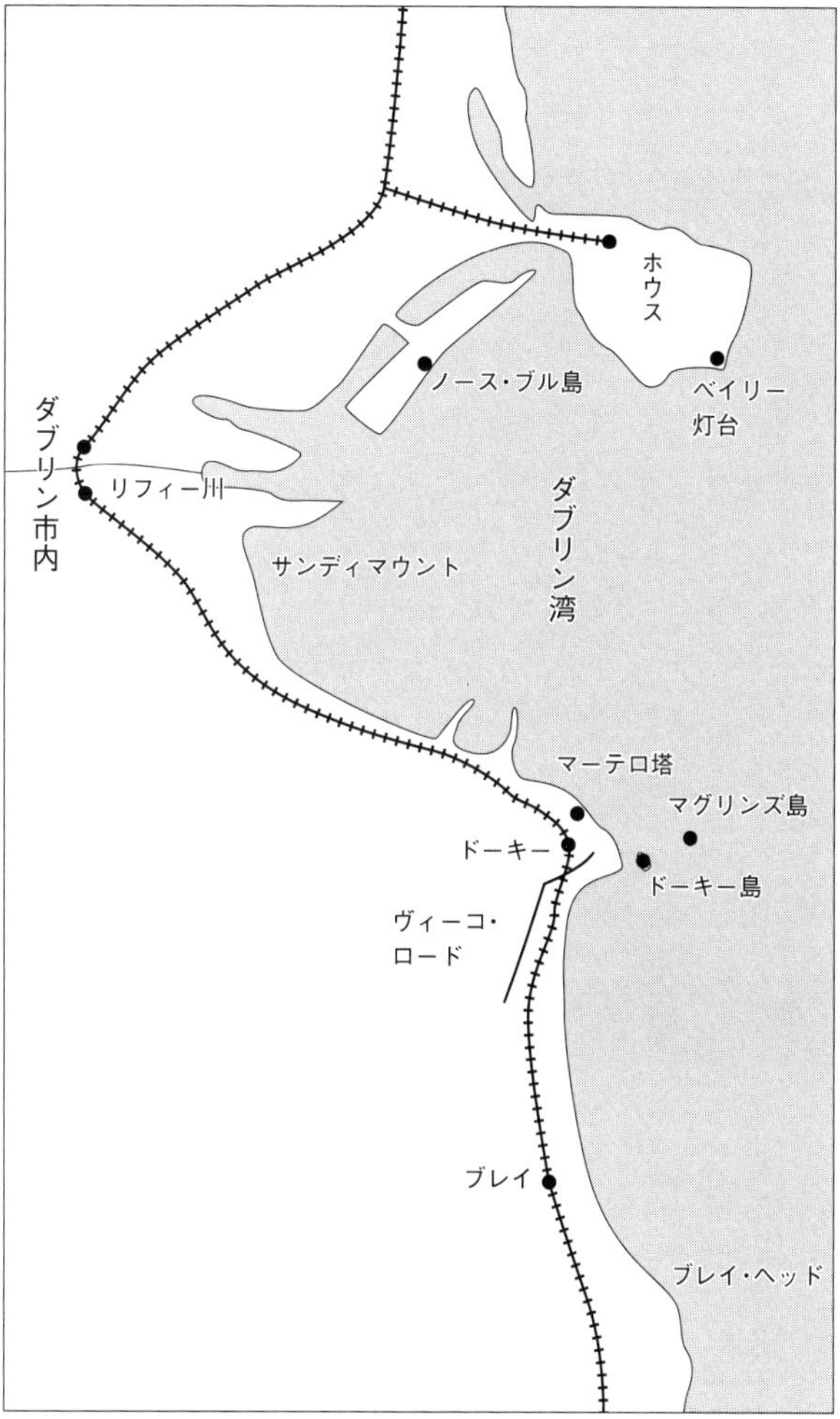
ホウス
ノース・ブル島
ベイリー灯台
ダブリン市内
リフィー川
ダブリン湾
サンディマウント
マーテロ塔
マグリンズ島
ドーキー
ドーキー島
ヴィーコ・ロード
ブレイ
ブレイ・ヘッド

ダブリンとその郊外

リチャード・ビーチー《キングスタウン港外の英国郵便船「レンスター号」》, 1868 年, 個人所有

はスティーヴンらが立つマーテロ塔の屋上からはこの岬を望むことはできず、この風景はジョイスの想像／創造だと考えられていた。
マーテロ塔から眺める風景として次の場面を見てみよう。

朝の静寂のなか、森の影が階段の上から彼が眺めている海のほうへと音も立てずに浮流していた。岸の近くや沖合で鏡のような水面が白くなった、軽い靴をはいた急ぎ足に蹴散らかされたように。ほの暗い海の白い胸。絡みあう強音が二つずつ。竪琴の弦をはじく手が、絡みあう和音を混ぜあわす。白い波と結合したことばがほの暗い潮の上でちらちら光る。

雲がゆっくりと、すっかり太陽を覆いはじめ、湾をかげらせて、さらに深い緑にした。

Woodshadows floated silently by through the morning peace from the stairhead seaward where he gazed. Inshore and farther out *the mirror of water* whitened, spurned by lightshod hurrying feet. White breast of the dim sea. The twining stresses, two by two. A hand plucking the harpstrings, merging their twining chords. Wavewhite wedded words shimmering on the dim tide.

マーテロ塔（田村　章　撮影）

A cloud began to cover the sun slowly, wholly, shadowing the bay in deeper green.（*U* 1.242-49、強調は筆者）

第一挿話のこの箇所の前後で、スティーヴンの思いは、イェイツの詩「ファーガスに連れだつ者はだれか」（"Who Goes with Fergus?"）にとらわれており、この箇所にもイェイツの詩行、とくに「そして森の陰も、／そして霞んだ海の白い胸をも支配する」（"And rules the shadows of the wood, / And the white breast of the dim sea"）（lines 10-11）のエコーを読みとることができる。しかしここでは、ソロモンによるムアの『パーネルと彼の島』（*Parnell and his Island*）（1887）の冒頭部分との著しい類似の指摘に注目したい。ムアのテクストは次のようにはじまる。

ここはダブリン近郊のドーキー。私が立っているところから海を見下ろすと青い水のカップを見ているようだ。それは私の下、二百フィートのところにあり、大きくてつるつるの鏡のようだ。それは魔法にかけられたガラスのように穏やかで神秘的なくらい静かに青い空の下にあり、そのなかに私たちは未来の秘密を読みとることができるようだった。この湾はなんと完璧にカップのような形をしていることだろう！ 青い山々が、湾状に囲む青い山々が四方にそびえ、海は陸地の縁まで艶めかしいくらいに水をたたえている。これら北側の山々、これらターナーの絵のような山々は、数え切れないくらいの面があり、もやで霞んだ遠景は柔らかい薄墨色のなかで消え入り、大きくくっきりした塊が太陽の強い光のなかで荒々しく目立っていて、その様子はまるで鎖帷子で武装した騎士が海に浮かぶサイレンへ身を傾け、サイレンが飛び去るのを引き留めて一時間の愛を求めるかのようだった。私は海のよどみないささやきを耳にする。それは、キジバトが相手にするのと同じくらいに岸辺に優しく歌いかける。

This is Dalkey, a suburb of Dublin. From where I stand I look down upon the sea as on a cup of blue water; it lies two hundred feet below me *like a great smooth mirror,* it lies beneath the blue sky as calm, as mysteriously still, as an enchanted glass in which *we may read the secrets of the future.* How perfectly cuplike is the bay! Blue mountains, blue embaying mountains, rise on every side, and amorously the sea rises up to the lip of the land. These mountains of the north, *these Turner-like mountains,* with their innumerable aspects, hazy perspectives lost in delicate grey, large and trenchant masses standing out brutally in the strength of the sun, are as mailed arms of a knight leaning to a floating siren whose flight he would detain and of whom he asks still an hour of love. I hear the liquid murmur of the sea; it sings to the shore as softly as a turtle-dove to its mate.（1、強調は筆者）

ソロモンは、以上の引用を含めたその前後の箇所で"ring of bay and skyline","bowl","mirror"などのイメージやメタファーが共通であることを指摘している。その上で、ムアにとって、海の鏡は未来を表わしているのに対し、スティーヴンにとっては、過去を表わしていると述べている（222）。このときスティーヴンは母の臨終を思い出していた。床のそばにあった白いボウルに溜まった緑色の胆汁のことを、眼前の緑色の海水から連想していたのだった。

ソロモンの指摘に加えて、この二つの引用の対比は次のことを考える際に重要になってくる。まずムアは、イギリスの風景画家のターナーの名前を出しながら周囲の山々のことを描写している。そして次にムアがこの湾をフランスやパリと関連づけて捉えていることにも注目しておきたい。フランス好きのムアは上の引用のあと、「ドーキーを見ながらモンテカルロを思い描く」（2）と、ダブリン湾を望む邸宅街のドーキーの街をいったん地中海に面した保養地のモンテカルロと対比したあと、次のようにパリのことを空想している。

ドーキーの南からブレイ・ヘッドを望む（田村　章　撮影）

私はパリのことを、そして数マイルのうちの美しいパノラマのなかにパリがあればどうなるかを、夢に描く。パリはこの湾のなかで歌うだろう。パリはここにあるテラスでダンスをすることだろう。円柱や宮殿、欄干、アーチや鐘楼は、高みから高みへと建築の魅力を拡げることだろう。(4)

ダブリンの近郊ドーキーは、その北部は穏やかな海岸線のダブリン湾に面しているが、ドーキー島を望む小さな岬を境にして、その南部は断崖絶壁の険しい地形の上にあり、郊外電車の線路とヴィーコ・ロードという名の道が急斜面にへばりつくように南へと伸びている。斜面の上には瀟洒な邸宅が並び、その光景は確かにモンテカルロを思わせる。南には、入江の向こうに「鯨の鼻先のような」ブレイ・

ヘッドを望むことができる。ムアはおそらくドーキー南部のヴィーコ・ロードのどこかで断崖絶壁の入江の光景を描写したのではないだろうか。そしてジョイスも、「眠れる鯨の鼻先のように水面に横たわるブレイ・ヘッドの丸い岬」、あるいは「朝の静寂のなか、森の影が階段の上から彼が眺めている海のほうへと音も立てずに浮流していた」と書いたときに、念頭にあったのは、マーテロ塔の周囲の穏やかなダブリン湾ではなく、ムアが描いたドーキー南部の険しい入江の風景であったのではないだろうか。

このように考えると、ジョイスも密かにダブリン湾とフランスのイメージの重ねあわせを試みているのではないかと思われる。第一挿話で描かれる海の景色は、イギリス人のヘインズ(Hanes)が湾を眺める場面、「海の支配者らしく、彼は湾の向こう南方を見つめた。輝く水平線の上には郵便船が出す羽毛のような煙とマグリンズ島のそばを間切って進む帆船の他には何もなかった」(*U* 1.574-76)での二種類の船の姿も同時に思い浮かべると、ジョルジュ・スーラが描いたノルマンディー海岸の絵である、《バ・ブュタンの砂浜、オンフルール》(*La Grève du Bas-Butin, Honfleur*)にきわめて似てくるのである。スーラのこの絵では、斜面にある樹木の緑が海面へと続き、海原には白い波頭が立っている。海の上には郵便船のような形をした一隻のやや大きな船と二艘の帆船の姿を見ることができる。

ジョルジュ・スーラ《バ・ブュタンの砂浜、オンフルール》, 1886 年, トゥルネー美術館

『ユリシーズ』第九挿話をめぐるジョイスとムア

『ユリシーズ』のなかでムアとの関係やパリへの言及が目につくのは、第九挿話においてである。ムアの名前自体がこの挿話で七回現われており、ムアとジョイスの関係を考える上でポイントとなる箇所になっている。ジョイスは、この日の晩にムアの家で文学の夕べが行なわれるという設定をしている。そしてこのことは、図書館司書補のジョン・エグリントン（John Eglinton）が口にする「今夜ムアの家で会える？」（*U* 9. 273-74）という問いに示されている。ムアの家での集いにスティーヴンは招かれてはおらず、彼がこの挿話で独自のシェイクスピア論を展開するのは、この文学の夕べに自分が招かれないのは誤りであることを示そうとするためであるという解釈（Fargnoli & Gillespie, 198）もある。

この挿話で展開される議論はシェイクスピアについてだけではなく、フランスの文学や芸術に関わるものが多く含まれており、ムアが『告白』で取り上げている話題も多い。ムアは、『告白』のなかで、シェイクスピアとフランスの小説家バルザックのどちらが優れているかについて持論を展開しているが、これはシェイクスピア論を展開するスティーヴンの姿に重ねることができるかもしれない。他にも、象徴派詩人マラルメの名前もテクストに現われており（*U* 9.109）、共通のトピックとなっている。またスティーヴンは、ラッセルのペンネームであるＡＥから「ＡＥ、あなたに借りがある」（"A.E.I.O.U"）（*U* 9.213）と呟いているが、これは、ムアが、『告白』で紹介しているアルチュール・ランボー（Arthur Rimbaud）の母音に関する詩の第一行めの「Ａ黒、Ｅ白、Ｉ赤、Ｕ緑、Ｏ青」（"A noir, E blanc, I rouge, U vert, O bleu"）を思わせる箇所である[2]。

ムアは、『告白』のなかで、バルザックの偉大さを絶賛し、バルザックをもとに自分の創作を行なったことを次のように述べている。

> 私もそうである。私が深く愛した人々のなかで、昔からの情熱で、初めてのエクスタシーで私の心を今もわくわくさせる人がいる。それはバルザックである。私はあの岩の上に私の教会を建てたのだ。そして彼の偉大で強健な才能は破滅からしばしば私を救い、新しい耽美主義という浅瀬、自然主義の腐敗した泥、そして象徴主義の弱々しく病的な波から私を救ってくれたのだ。

So with me; of those I have loved deeply there is but one that still may thrill me with the old passion, with the first ecstacy—it is Balzac. *Upon that rock I built my church*, and his great and valid talent saved me often from destruction, saved me from the shoaling waters of new æsthecisms, the putrid mud of naturalism, and the faint and sickly surf of the symbolists.（76、強調は筆者）

ムアの「私はあの岩の上に私の教会を建てたのだ」（"Upon that rock I built my church"）という部分は、マタイによる福音書の「わたしも言っておく。あなたはペトロ。わたしはこの岩の上にわたしの教会を建てる。陰府《よみ》の力もこれに対抗できない」（"And I say also unto thee, That thou art Peter, and upon this rock I will build my church; and the gates of hell shall not prevail against it."）（Matthew 16:18）をもとにしており、ムアはここで、自分の作品を教会に喩え、その基盤となる岩をバルザックの作品に喩えている。これに続いて、バルザックとシェイクスピアのどちらが偉大かということについて持論を展開している。第九挿話でスティーヴンは独自の『ハムレット』論を展開していく。そのなかで、マタイ伝の"Upon that rock I built my church"という部分をもじって、教会が岩の上ではなく空虚《ヴォイド》の上に築かれたものであると述べたこと（*U*9. 840-02）はすでに述べたとおりである。

教会が空虚《ヴォイド》の上に築かれたというスティーヴンの台詞は、明らかにキリスト教における神の死を述べたもので、『ユリシーズ』のなかで中核的な重要性をもつ台詞の一つである。第九挿話では、シェイクスピアを論じる際に、マラルメが引用されているが、この台詞にマラルメからの思想上の系譜を読みとることができる。マラルメは、一八六六年に詩編である「古序曲」(“Ouverture ancienne”)の執筆中に、キリスト教のおける神の死を悟るとともに、世のなかのすべてが虚無であることを発見する。このことを菅野昭正は次のように解説している。

《虚無》の発見、ついで《虚無》の観念と拮抗しながら、そして「虚妄の栄光」という反語的な表現に秘められた自負をそこに託しながら、言語による至純の《美》の実現へ行きつく道筋を探って苦闘する精神の危機的な経験が、この詩編の根源を支えていることはあらためて記すに及ばないだろう。(三四八)

第九挿話について、ソロモンは、「ムアのダブリンでの土曜日の夕べと『ユリシーズ』に出てくるジョイスによるそのパロディーは、マラルメの火曜日の夕べの模倣で、ムアはそれに参加したことを自慢していた。『炉辺に友人数名が座っており、テーブルにはランプがあった』」(225)と述べている。つまり、第九挿話で言及されているムアの文学の夕べとは実際にムアが行なっていたものをもじったものであり、またムアの集い自体もマラルメを真似したものだということである。これはもっともな指摘であるが、さらに広く見ると第九挿話自体、これまで見てきたように、多くのトピックが『告白』と共通であることから、『告白』の、とくにムアのパリ体験を取り上げている前半部分の、一種のパロディーとして読むことができるのかもしれない。

ジョイスからメイニー・ジェレットへ

以上、ムアとジョイスについて、印象派絵画との関わり、キリスト教やアイルランドをめぐる思想上の共通点をもとにモダニズムの成立との関連を論じてきた。ジョイスは、同郷の作家のムアから、宗教上の自由、新しい絵画技法の作品への活用、最新のフランス文学の動向など、彼の作品にとって必須となる多くのことを学んだのは明らかである。

さて、ジョイスと印象派以降の視覚芸術との関わりはどのようになるのだろうか。ケネディは、モダニズム芸術について次のように解説している。

モダニズムは性質上、国際的なものであり、あらゆる分野の芸術に影響を与えた。ルネサンス以来、はじめて、それは伝統との突然の断絶を表わし、新しい価値や批評基準の鍛造を目のあたりにするものであった。視覚芸術において、それはたくさんの動きの基盤となるものを含んでいた。その動きのなかで印象主義、後期印象主義、象徴主義、野獣派、キュビズム、未来派、シュルレアリスムや構成主義は私たちの時代にもっとも影響力があるものである。(3)

二十世紀の視覚芸術は、キュビズム、未来派、シュルレアリスムと新たに展開し、前章で述べたように、ジョイスの作品との関わりも、少しずつではあるが、さまざまな角度から指摘されるようになってきている。

こうしたなかで、忘れてはならないのが、前章で紹介したアイルランド初の抽象画家であるメイニー・ジェレットである。ジェレットは、はじめは印象派の手法で絵を描いていたが、パリで美術修行のあと、一九二三年にダブリンではじめてキュビズムの作品を発表し、ジョージ・ラッセルの酷評を浴びた人物である。ジェレットは、ジョイスの作品についての評論も書いており、そこからジョイスのよき理解者であることも知ることができる。ただし、ジョイスとの大きな違いが一つある。ジェレットは生涯を通して、敬虔なクリスチャンであった。パリでキュビストのアルベール・グレーズ（Albert Gleize）の影響を強く受けて、ジェレットは、キュビズムの技法を用いてカトリックの宗教世界を描きはじめる。ジェレットは、ダブリンで、一九二七年から一九四三年にかけて、宗教的モチーフをキュビズムの技法で描き続ける（作品の一例として次のページの図版を参照）が、これらの作品のなかには、「純粋なゲーリック・アイルランド」（"purity of Gaelic Ireland"）（Kennedy, 48）を見出だすことができると評されている。

アイルランド文化の特性として、ジョイスが作品で強調してきたのは、異なった文化の混淆性であった。ジョイスが求めているアイルランドは、文芸復興のなかで強調された過去にあるのではない。ジョイスは、モダニズムの新しい手法を追求する一方で、作品のなかでは、長い植民地の歴史をもつアイルランドにおいて、異なった文化や価値観がさまざまな対立や抗争をかかえながら存在し続けている様子を描いていた。このような「異種混交性」をジョイスが最重視するアイルランド文化の特徴だとした場合に、ジェレットの絵画作品は、キュビズムという最新の技法を用いてジョイスやムアがそこから脱却をしようとしたカトリシズムの世界を描くものであるという点で、大きな矛盾の克服を試みようとする、きわめて「異種混交的」な作品であると言えるのではないだろうか。ジェレットがジョイスと並んでアイルランドのモダニズムを代表する芸術家である所以である。

メイニー・ジェレット《フラ・アンジェリコへのオマージュ》, 1927 年,
個人所有

註

（1）豊田實は、『告白』のテクストに付したNotesにおいて、ベラスケスの絵に見られる一種のモダニティは、スペイン王室の画家となって、当時の教会の拘束を受けなかったことに由来すると指摘している（297）。この点でもムアやジョイスがベラスケスを評価したのかもしれない。

（2）ムアは『告白』で、ランボーのこの詩について、「アルチュール・ランボーは、ほんとうに、これらの愉快で陽気な理論の第一人者であるが、ギール氏がわれわれに述べているように、ランボーは多くの点で誤っている。とりわけ母音の *u* の音を黄色ではなく緑色と対にすることにおいて、はなはだしい」（58）と記している。一方、ジェイムズ・アサトン（James Atherton）は、アーサー・シモンズ（Arthur Symons）の『象徴主義の文学運動』（*The Symbolist Movement in Literature*）がジョイスにとってマラルメに関する有力な情報源になったことを指摘している（*The Books at the Wake*, 49）。シモンズのこの著書のなかで、ランボーの母音に関する詩は、"A, black; E, white; I, red; O, blue; U, green"（38）と引用されており、母音がこの順序に並ぶと、ジョイスの"A.E.I.O.U"（*U* 9.213）、すなわち「ＡＥ、あなたに借りがある」に完全に一致する。

第三部　歴史への拡がり

ダブリンの街に立つジョイス像（田村　章　撮影）

第六章　バックレーとロシアの将軍

――『フィネガンズ・ウェイク』第二部第三章における戦争と革命の文脈

バラクラヴァでのイギリス軍とロシア軍の戦い

はじめに

『フィネガンズ・ウェイク』（以下『ウェイク』と略す）第二部第三章のテクスト三三八ページ四行めから三五五ページ七行めは、ジョイスが父親から聞いたクリミア戦争でのエピソードに基づいている。ジョイスは、アイルランドの一兵卒バックレー（Buckley）がロシアの将軍（Russian general）を撃った話にさまざまな脚色を加えることで『ウェイク』のこの箇所を書いた。ジョイスが聞いたもとの話はリチャード・エルマンの『ジェイムズ・ジョイス伝』で次のように紹介されている。

バックレーはクリミア戦争の時のアイルランド兵士で、ロシアの将軍に銃の狙いを定めたものの、将軍の見事な肩章や飾りを見た時、引き金が引けなかった。しばらくして、彼は義務に忠実にもう一度銃を構えたが、ちょうどその時将軍が排便のためにズボンを下げた。このどうにもならない人間的状況下の将軍を見た彼は、やりきれず、また銃を下ろした。しかし将軍が芝で始末するのを見たバックレーは、敬意をすべてなくして発

砲した。(1) (398)

このエピソードにジョイスは三つの面で脚色を加えたのであった。第一に、父親から聞いた話に他の文学テクストが重ねられるという脚色。第二に、クリミア戦争とダブリン、あるいはロシア史とアイルランド史における戦争や革命に関する事柄が重ねられるという脚色。そして第三に、戦争を表現、報道するためのメディア、なかでも映画とテレビジョンを意識した脚色である。

『ウェイク』のテクスト全体に見られるもっとも重要な特質の一つは、異なったもの同士が融合していくことである。このエピソードでは、中心人物のバット (Butt) とタフ (Taff) が融合して分離した結果、“*Batt*” (*FW* 349.8) と“*Tuff*” (*FW* 349.7) になるという場面がある。また、エピソードの最後では、“*The abnihilisation of the etym*” (*FW* 353.22)、すなわち“The annihilation of the atom”という「素粒子とその反粒子が結合して別の粒子群に転化すること」について触れられている。融合という語は、このエピソードの脚色を論じるときに、そのまま用いることができる。本章では『ウェイク』のこのエピソードについて、第一に文学テクストの融合、第二に空間と歴史における融合、第三にメディアの融合という観点から捉えて、ジョイスが織り上げた戦争と革命のテクストについて、考えてみることにしたい。

異なったテクストの融合

このエピソードは、ダブリン郊外のチャペリゾットにあるマリンガー酒場のテレビに、バットとタフという二人のコメディアンによるヴォードヴィル（vaudeville、歌、踊り、パントマイム、漫才、曲芸などを交えたショー）が映し出されるという形で進んでいく。バットはクリミア戦争におけるロシア将軍（すなわちHCE）とバックレーのエピソードを語り、タフはバットから話を聞きだす引き立て役となる。バットは話をしながらタフとともにバックレーに同化していき、やがて彼らの区別は曖昧になっていく。舞台についても同じく曖昧になり、現実のマリンガー酒場、バットとタフによるコントが映るテレビ映像、そして二人によってなされる戦場の回想の三つの区別も不鮮明なものとなる。

バットとタフのコントによって展開されていくテクストは、クリミア戦争を取り上げた二つの文学テクストが融合し、さらにクリミア戦争に関する歴史的解説のテクストがそこに重ねられていくことによって成立している。

二人のコントは"*cesspull*"（*FW* 338.15）のそばでのやりとりにはじまるが、"*cesspull*"には「汚水溜め」の意味とクリミア戦争の舞台である黒海沿岸の都市セヴァストポリ（Sevastopol）の両方を読みとることができる。ネイサン・ハーパー（Nathan Halper）は、セヴァストポリという地名には「黒い水溜まり」の意味があり、またダブリンもゲール語で「黒い水溜まり」の意味であることから、セヴァストポリはダブリンであると説明している（426）。次の引用では、タフの催促に応えて、バットが熊のような大男が敵兵に囲まれている様子を説明している。この熊のような大男が、彼の父親でありロシアの将軍であり、そしてＨＣＥなのである。

He gatovit and me gotafit and Oalgoak's Cheloven gut a fudden. Povar old pitschobed! Molodeztious of metchennacht belaburt that pentschmyaso! Bog carsse and dam neat, sar, gam cant! *Limbers affront of him, lumbers behund.* While the bucks bite his dos his hart bides the ros till the bounds of his bays bell the warning. Sobaiter sobarkar. *He was enmivallupped. Chromean fastion.* With all his cannoball wappents. In his *raglan*rock and his *malakoiffed* bulbsbyg and his *varnashed* roscians and his *cardigans* blousejagged and his *scarlett manchokuffs* and his tree- coloured camiflag and his perikopendolous gaelstorms. Here weeks hire pulchers! Obriania's beromst! From Karrs and Polikoff's, the men's confessioners. Seval shimars pleasant time payings. Mousoumeselles buckwoulds look. Tenter and likelings.

あいつも料理、こいつも料理、神の子はみんな精力びんびん。哀れな寝小便じじい。真夜中の若者は肉料理に悪態。神の呪いだ、こん畜生！　前に弾薬車、後ろに丸太ん棒。牡鹿が背中を噛めば、ぎりぎり窮地の鈴が鳴るまで老牡鹿は露に耐える。犬を餌でおびき寄せろ。やつは包囲された。クリミア砦。鉄砲玉で。ラグラン袖の上着、マラコフ軽騎兵の毛皮の帽子、ワニスをかけたロシア靴、カーディガン式ブラウスコート、スカーレットのマッチョなカフス、三色の木の色のカムフラージュ、クリミア・メダルつきレーンコート、数週間の分割払い。最高の衣裳。紳士物洋服店のカース＆ポリコフ製。金貨数枚、お好きなときのお支払い。ムスメたちも振り返る衣裳。雷鳴だ。（*FW* 339.4-17、強調は筆者）

ここからバットは戦地クリミアを舞台にした話をはじめる。このなかで、アルフレッド・テニソン（Alfred Tennyson、一八〇九年－一八九二年）の詩「軽騎兵の突撃」（“Charge of the Light Brigade”）がもじられながら引用されている。テニソンは、この詩をクリミア戦争におけるセヴァストポリ包囲戦初期のバラクラヴァ（Balaclava）の戦いでロシアに大敗したイギリス軍軽騎兵隊の武勇を讃えるために書いたとされている。この戦いの経緯は次のとおりである。(2)

一八五四年十月二五日、ロシア軍は連合軍の補給路遮断をねらって、セヴァストポリの東南にあるバラクラヴァ港の攻略を企図して、騎兵隊を突進させた。彼らはトルコ軍をけちらしたものの、イギリス軍騎兵の反撃を受け退却する。そのあとイギリス軍総司令官のラグラン男（Baron Raglan）は、騎兵師団長ルーカン伯（Earl of Lucan）に対し、ロシア軍がトルコ軍から奪った大砲の奪回を命じるが、命令を伝えた連絡将校への伝達の不徹底からルーカン伯は敵砲兵陣地への突撃と誤解し、カーディガン伯（Earl of Cardigan）の軽騎兵旅団にその任務を命じることになる。六七三名の軽騎兵は、この無謀な命令に従って敵陣地への突撃を敢行し、正面と左右から猛烈な攻撃を浴びる。そして三分の一以上の二四七名の兵を失いながらも敵陣地を攻略するが、戦略的には無意味な戦いとなってしまう。この戦いは数々の批判を浴びたが、その批判の一つがフランスの軍人ピエール・ボスケ（Pierre Bosquet）による"C'est magnifique, mais ce n'est pas la guerre"「素晴らしいが、いくさではない」であり、ジョイスは『ウェイク』のこのエピソードで、これをもじって"Say mangraphique, may say nay por daguerre!"「立派だが、これはダゲール向き写真でも戦争《ゲール》でもない！」（*FW* 339.23）というタフの台詞にしている。

『ウェイク』のこのエピソードでは、テニソンの「軽騎兵の突撃」がさまざまな形で取り込まれている。マックヒューによる注釈を手がかりに細かく見てみることにしたい。まず、この詩のタイトル自体が“the charme of their lyse brocade”（*FW* 348.25）、あるいは“*the charge of a light barricade*”（*FW* 349.10）として現われている。そして詩の冒頭の“Half a league onward”「半リーグ前進」（Tennyson, 2）[3]は“heave a lep onwards”「半リーグ前進せんとしていた」（*FW* 347.14）に、“Some one had blunder'd”「誰かがしくじった」（Tennyson, 12）が“somwom shimwhir tinkledinkledelled”「誰かがどこかでティンクルディンクル」（*FW* 346.26）にそれぞれもじられている。先ほどの長い引用（*FW* 339.4-17）のなかでは“Limbers affront of him, lumbers behund”「前に弾薬庫、後に丸太ん棒」（*FW* 339.7）が、テニソンの詩の“Cannon in front of them”「隊の前に大砲」（Tennyson, 20）、および“Cannon behind them”「隊の後ろに大砲」（Tennyson, 41）という箇所のパロディーとなっている。

先ほどの『ウェイク』の長い引用をもう少し見てみよう。ロシアの将軍の描写である“He was enmivallupped. Chromean fastion”「やつは包囲された。クリミア砦」（*FW* 339.9-10）では、この将軍が包囲されていること、そして“fastion”から“bastion”「砦」と“fashion”を読みとることができる。このことをふまえて、「クリミアでのファッション」がラグランなどイギリス将校の名前を引用して散りばめながら列挙されている。すなわち、“raglan”のコート、“cardigan”風の上着、“scarlet”のカフスの箇所である。ロシアの将軍の装いの描写には、クリミア戦争ゆかりの地名であるマラコフ（Malakoff）やヴァルナ（Varna）も埋め込まれ、さらに実在のロシア将軍であるメンシコフ（Prince Mensikov）の名を連想させる“manchokuffs”「マッチョなカフス」（*FW* 339.12）も現われている。このように、ロシアの将軍は、クリミアの重要人物と地名がその装いの描写に散りばめられて、あたかもクリミア戦争自体の象徴のような相を呈しているのである。そしてロシア人であるにもかかわらず、その描写にラグランなどイギリス軍人の名前が用いられていることから考えると、彼は大英帝国の将軍であるかのように描かれているとも言える。このことから、ＨＣＥたるロシアの将軍は、ロシア帝国と大英帝国という十九世紀を代表する二つの帝国の象徴として、このエピソードに登場していると言えよう。

大英帝国の側からクリミア戦争の悲劇を描いたのがテニソンであるとすれば、帝政ロシアの側からその悲劇を描いたのが、レオ・トルストイ（Leo Tolstoy、一八二八年－一九一〇年）である。彼は、実際にクリミア戦争に従軍して、三編からなる『セヴァストポリ物語』（*The Sebastopol Sketches*）を書き上げた。ドミニク・マンガニエロ（Dominic Manganiello）が『ジョイスの政治学』（*Joyce's Politics*）で「トルストイの政治的な著作はジョイスがもっとも評価したものである」（155）と指摘しているように、ジョイスはトルストイのことを心から敬愛しており、国家、政治、戦争についての考え方において大きな影響を受けている。マンガニエロによる解説をもとにジョイスとトルストイの政治思想上の共通点をまとめると次のようになる。

（一）政府が正義と法の名のもとに暴力を行使することを批判した。(155-56)
（二）愛国心を不自然で不合理で有害な考え方とし、世界の諸悪の根源と考えた。(157)
（三）ナショナリズムは、それがより高次の理想的な人間同士のつながりに向かって動くときに限り正当なものとなる。(159)

『セヴァストポリ物語』を読むと、クリミアの要塞の様子や、そこでのロシアの軍人たちの生き様について詳しく知ることができる。また『ウェイク』のテクストとのつながりも見出だすことができる。たとえば、次に掲げるトルストイによるロシア将校の着飾った様子の描写は、先ほど引用した『ウェイク』のロシアの将軍の描写を思い出させる。

彼は洒落た新しい帽子を、独特の藤色の色調がついた薄い夏用の軍用コートを身に着けており、下から見るとコートの胸元には時計の金のチェーンが見えていた。彼のズボンには足用ストラップがついていて、そして彼はこぎれいでピカピカの子牛革の長靴を履いていた。かかとの部分が数カ所わずかにすり切れてはいたのだけれども。(4) (61)

トルストイはロシアの軍人たちが颯爽と勲章や肩章を光らせている様子を描いている。同様に、ジョイスが描くロシアの将軍もタフが "Some garmentguy!" 「たいした衣装男だよ!」(*FW* 339.21-22) と感嘆するほど多くの勲章を着けており、その派手な姿は、バットによって "that soun of a gunnong, with his sabaothsopolettes" 「砲蕩息子は、万軍肩章ひらひらさせて」(*FW* 343.23-24) と強調されている。

ただし、トルストイは軍人の勇姿を描くためだけにこの物語を書いたのではない。彼はこの戦争物語に見られる二つの局面、華やかな相と恐ろしい実相を次のように記している。

……あなたは人間存在の根本まで揺るがすような恐ろしい光景を目撃することでしょう。あなたは戦争が音楽や太鼓の音、素早く動いていく幟があり、跳ね回る馬に乗る将軍たちがいる、美しく、整然として、きらびやかな隊形のようなものではなく、そのありのままの表現——血、苦しみと死のなかにある戦争を目にするでしょう。(48、省略は筆者)

『セヴァストポリ物語』でトルストイが描くのは、軍人が勲章を得ようとする虚栄心とその背後にある身の危険が表裏一体になっている状況、言いかえれば戦争の虚像と実像が裏表となっている状況である。トルストイは、ホメロスやシェイクスピアに言及しながら、戦争文学までもが虚栄を主題としていることに疑問を投げかけている。

虚栄、虚栄、すべてが虚栄——墓穴の端や、高潔な信念のために死ぬ用意ができている男たちのなかにあってさえも。虚栄！ それは私たちの時代の際だった特徴であり、特別な病なのだ。……いったいどうして、ホメロスやシェイクスピアのような作家は愛、名誉や苦しみについて書いているのに、私たち自身の時代の文学は『俗物《スノッブ》の書』や『虚栄の市』の果てることのない続編ばかりなのだろうか？（66-67、省略は筆者）

一方ジョイスは、『ウェイク』のこの戦争のエピソードを「悲しみの唄」とし、ゲーテ、シェイクスピア、ダンテの名前に触れながら次のように述べている。

Weepon, weeponder, song of sorrowmon! Which goatheye and sheepskeer they damnty well know.

武器嘆き、武器嘆き思案せよ。悲しいソロモンの唄！ それを山羊ゲーテ目やシープスキアやダンプテもよく知っている。（FW 344.5-6）

『ウェイク』のこのエピソードは、全体がコミカルに進められていく。ただしジョイスは『ウェイク』をトルストイのテクストと連関させることにより、このロシア作家と政治思想上の理念を共有していることを暗示しているように思われる。(5)

異なった空間の融合・異なった歴史の融合

そもそもクリミア戦争が、イギリス、フランス、サルディニーヤ、オスマン・トルコの四カ国連合とロシアの間の戦争であるため、戦地では多様な言語と民族が交錯している。したがって、『ウェイク』のこのエピソードは、クリミア戦争を取り上げるだけでも十分に多文化・多言語的なテクストになりえるのだが、ジョイスはそれをいっそう押し進めて、クリミア戦争の上に、アイルランド史と革命期を中心としたロシア史を重ねあわせ、さらにアメリカ、中国、日本、マレーにも言及しながら、空間の融合、歴史の融合を進めていく。

このエピソードにおけるこれらの融合をつぶさに紹介するのはきわめて困難なので、まずは、先ほど引用した"Chromean fastion"（*FW* 339.9-10）という句のなかの「クリミア」にも読める"Chromean"に類似した例を取り上げながら、アイルランドとロシアの歴史の融合について考えてみることにしたい。

このあとに現われる類似した例として、"Crimealian wall"（*FW* 347.10）と"Crummwiliam wall"（*FW* 347.32）がある。これら二つの例では"Crimian war"（クリミア戦争）と"Cromwellian wall"（クロムウェルの壁）が融合されており、クリミア戦争と一六四九年から五二年にかけてアイルランド侵略を強力に進めたオリヴァー・クロムウェル（Oliver Cromwell）が重ねあわされて示されていることになる。"Crummwiliam wall"には、クロムウェルだけではなく、さらにウィリアム（William）の名前も読みとることができる（Boldereff, 58）。これは、名誉革命によってイングランド王となったウィリアム三世（William III）を示すものと思われる。ウィリアム三世は一六九〇年ボイン川の戦いでの勝利を経て、アイルランド支配を押し進め、全土を平定したのであった。これらに類似した例として、"*Krumlin*"（*FW* 339.34）、および"*cromlin*"（*FW* 353.33）がある。"*Krumlin*"の場合は、ロシアの“kremlin”（「クレムリン」であるが、一般名詞として「（ロシア都市の）城塞」の意味もある）とダブリン市内の地名である“Crumlin”が結びつけられている。また、“*cromlin*”の場合では、これら二つに加えて、“Cromwell”も重ねられている。このように、クリミア、クレムリン、クロムウェルは、アイルランドとの関係のなかで一体化されて示されているのである。

『ウェイク』のなかでも、このエピソードは、ロシア史を詳しく取り上げた箇所と言われているが、とりわけロシア革命への言及が目立っている。このエピソードでは、“the sur of all Russers”（*FW* 340.35）、あるいは“the Saur of all the Haurousians”（*FW* 344.33）として示されているthe Czar（「ロシア皇帝」）に民衆が“*the sickle of a scygthe but the humour of a hummer*”（*FW* 341.10）、すなわち鎌とハンマーを持って蜂起した革命の経緯を読みとることができる。

ロシア帝国と大英帝国を象徴するかのようなロシアの将軍が、排便のあとにアイルランドを象徴する“turf”（「芝」または「泥炭」の意味もある）で尻を拭ったことで、一人のアイルランド兵が侮辱されたと感じて発砲する、というのがこのエピソードの根底にあったストーリーである。ここには支配者たる帝国とそれに支配された人民が対峙するという図式を見ることができる。二十世紀初頭より、ロシア帝国は植民地化したフィンランドからの激しい抵抗に遭うと同時に、国内では一九〇四年の「血の日曜日事件」以後、革命が急速に進行していく。ロシアでの革命の進行と並行するかのように、アイルランド独立運動も急速に進展していく。アイルランドの独立革命とも言われる一九一六年のイースター蜂起と一九一七年のロシア二月革命は、わずか一年足らずの違いで起こっている。

ジョイスは、クリミア戦争を下地に、イースター蜂起とロシア革命を重ねながら描いている。『ウェイク』の三四七ページ八行めから三三行めで、バットは"Reilly Oirish"（*FW* 347.8）の"Milesia"（*FW* 347.9）としてクリミアにいたときのことを語っている。"Reilly Oirish"は"Royal Irish"とも読め、ここからフィニアン（Fenian）を連想することもできる。なぜならフィニアンとは、ジョイスによれば、もともと「王の衛兵」を意味するからである（*CW* 188）。また、"Milesia"には、「アイルランド人」を意味する"Milesians"と「市民兵」の意味の"militia"が重ねられている。アイルランドの市民兵と言えば、イースター蜂起の際に活動したアイルランド市民軍（Irish Citizen Army）ということになるが、この市民軍が生まれた背景には、一九〇五年のロシアの「血の日曜日事件」と同じく、労働運動があった。アイルランド市民軍が一九一三年に結成されたのは、労働運動を行なうと警察や反組合主義者による暴力に見舞われることがあるため、労働者が武装することをはじめたことによる。事実、ダブリンでも一九一三年の八月三一日に「血の日曜日事件」が起こり、多数の負傷者が出ていたのである。

バットは自らの市民兵としての活動を回顧しながら、"if moskats knows whoss whizz, the great day and the druidful day come San Patrisky and the grand day, the excellent fine splendorous long agreeable toastworthy cylindrical day"「マスケット銃兵にだれがだれやら見分けがつくものかどうかは知らぬが、大いなる日、聖パトリック来る恐るべき日、偉大なる日、素晴らしい見事な輝かしい長い愉快な信頼すべき円筒暦の日」(*FW* 347.15-18) と述べている。マックヒューは「大いなる日、恐るべき日」についてマラキ書四章五節の「主の大いなる恐るべき日」を指すとの注釈 (347) をつけているが、バットの活動に注目すると「大いなる革命の日、(死傷者も出た)恐ろしい日」を表わしているように思われる。この引用で聖パトリックの名前は "San Patrisky" とロシア化され、また "moskats" は「マスケット "musket" 銃を持つ兵士」を示すと同時に、綴りは「モスクワ "Moskva"」を連想させるものにになっており、ロシアが強く意識されていることが読みとれる。

バットの市民兵としての活動の回想場面では、やはりマックヒューが指摘しているようにマーク・トウェイン (Mark Twain) の『ハックルベリー・フィンの冒険』(*The Adventures of Huckleberry Finn*) の引喩 (347) が頻出している。これは『フィネガンズ・ウェイク』の "Finn" と「ハック・フィン」の "Finn" の関係のみならず、ハックが育った町であるセントピーターズバーグが、ロシア革命の舞台となるサンクトペテルブルグと同じ綴り (St. Petersburg) であることも関わっている。エピソードのあとのほうでは、"reptrograd leanins"(*FW* 351.27-28)において、ペトログラード(Petrograd)とレニングラード(Leningrad)を読みとることができる。

この回想場面の最後で、この箇所が反帝国主義運動を取り上げていることを確認するかのように、中国での反帝国主義運動である"Boxerising"(*FW* 347.29)、すなわち「義和団の乱」(Boxer Rising、一九〇〇年)に触れられている。そしてバットは、「武器と弾薬筒をクリミアの城壁にばらまき、最後に高笑いするのは俺だったぜ」と述べ、自らの活動の成功を宣言する。

戦争と映像——映画、テレビジョン、ヴォードヴィルの融合

これまで述べてきたことから、『ウェイク』のこのエピソードでは、クリミア戦争が取り上げられているだけではなく、その描写に、大英帝国とロシア帝国という二つの帝国に対して、植民地と人民が立ち上がった革命戦争も重ねられていることが明らかになった。

アイルランドとロシアのような異なった空間が融合することは、現実にはありえないことだが、映画を観る者の心のなかでは、それに近いことが容易に起こってしまう。たとえば、一九二〇年頃のパリの映画館で、イースター蜂起の現場を見たことがあるアイルランド生まれ

の男がロシアの「血の日曜日事件」の記録映画を観たと考えてみよう。そのとき、男の心のなかでは、ロシアとアイルランドの空間上の重ねあわせや融合が起こることは十分に考えられる。さらに、映像を用いれば、ある空間の現実のイメージを別の空間に持ち込むことが可能となり、これらを同時に観ることによって、異なった空間のもつ現実のイメージの融合が可能となるのである。

『ウェイク』のこのエピソードでは、テレビジョンという当時の最新メディアによって、バットとタフが行なうヴォードヴィルや戦場の光景が画面に映像として映し出されることになっている。戦場がテレビに映し出されることがもっとも明確に示されているのが、三四九ページ六行めから三五九ページ九行めである。ここでは、"*the bairdboard bombardment screen*"(*FW* 349.8)という句のなかで、一九二五年に世界で初めてテレビ放映の公開実験を行なったスコットランドの発明家ジョン・ベアード(John Baird)の名前に触れながら、テレビの仕組みが説明されていく。それに続いて、画面に軽騎兵の突撃やロシアの将軍が数多くの勲章をつけている姿が映し出される様子が描かれている。

最後に、このエピソードを特徴づけている戦争、映像、テレビ、そしてヴォードヴィルの間にみられる関係について考えておくことにしたい。

このエピソードは、クリミア戦争が起こった一八五〇年代にはじまって一九三〇年代初期にいたるまでの画像技術の進歩を巧みにテクストに取り込んでいる。一八三七年に銀版写真を発明したダゲール（Louis Jacques Mandé Daguerre）の名前は、すでに引用した“Say mangraphique, may say nay por daguerre!”（*FW* 339.23）に取り入れられている。映画については、後述するようにチャップリン（Charlie Chaplin）の名前が現われている。ちなみ戦争が映画に記録されたのは一八九九年のボーア戦争が最初である。では、テレビはどうかと言うと、ジョイスが『ウェイク』を書いていた一九二三年から一九三九年にかけては、テレビは実用化に向けての実験がさかんに行なわれる段階にあった。一九二九年には英国放送協会（ＢＢＣ）が実験放送を開始し、一九三五年にドイツは定期試験放送をはじめ、ベルリンオリンピックのテレビ中継を行なっている。とはいえ、この時代には危険な戦地にテレビカメラが入り、戦争報道がなされるようなことはまだなかったようだ。したがってこのエピソードにおける戦争の映像イメージは映画に基づいているとみなすべきであろう。

二十世紀前半には、度重なる戦争や革命が映画によって記録され報道された。さらに戦争を舞台にした喜劇映画も作られた。たとえば『ウェイク』のテクストに“shouldered arms”（*FW* 446.17）として現われているチャップリン主演の『担え銃《になえつつ》』（*Shoulder Arms*、一九一八年封切）である。

チャップリンの名前も“our Chorney Choplain”（*FW* 351.13）としてこのエピソードに現われている。

チャップリンに注目すると、テレビとヴォードヴィルの関係について、興味深いことが浮かび上がってくる。『担え銃《になえつつ》』の映画には、最終完成版には収められなかったものの、オリジナルには徴兵検査の場面があった。[6] この場面はドアのすりガラスをとおしてシルエットで描かれた。この場面は、一九一〇年に上演されたパントマイム劇『影と光による道化劇』の影響を強く受けていて、ヴォードヴィルで昔から行なわれていた「影絵芝居」の再現だと言われている（ロビンソン、三〇三）。『ウェイク』のこのエピソードは、バットとタフによるヴォードヴィルがテレビに放映される形で話が進められていた。ヴォードヴィルで行なわれた、すりガラス越しの「影絵芝居」は、実験段階にあったテレビのガラス画面に映る不鮮明な白黒映像のイメージにぴったり重なりあう。ジョイスは、この「影絵芝居」をテレビに置きかえ、そこに戦争の映像のイメージを重ねながら、このエピソードを書き上げたのだと考えられる。

以上のように、このエピソードのテクストは、数多くの勲章をぶら下げて膨れあがっていくロシアの将軍のように、多種多様な融合を経ながら膨張していく。そして、ついにバットは、ロシアの将軍めがけ引き金を引く。その結果、原子核反応が起こり、大音響が響き、大きな混乱が生じる。タフは、バットに“Shattamovick?”（*FW* 354.1-2）と問いかけて、将軍を撃ったかどうかを確認する。この台詞には、“Shot him?” のみならず “Shatter movie?”、あるいは “Shadow movie?” の意味も込められており、まとめると「影映画粉砕か?」と読むこともできよう。ロシアの将軍を撃ったことで、融合と膨張を重ねてきた戦争と革命の文脈もそろそろ幕となり、新たな時代の到来が期待される。

註

(1)『ジェイムズ・ジョイス伝』の日本語訳には、宮田恭子訳を用いた。

(2) バラクラヴァの戦いについての記述は、松村赳、富田虎男編著『英米史辞典』50-51 の「バラクラヴァの戦い」の項目による。

(3)「軽騎兵の突撃」からの引用には、Alfred Lord Tennyson, *Selected Poems*. Penguin Classics をもとにした拙訳を示し、括弧内の Tennyson のあとにこの詩の行番号を示した。

(4)『セヴァストポリ物語』からの引用には、Leo Tolstoy, *The Sebastopol Sketches*. Trans. David McDuff. Penguin Classics をもとにした拙訳を示し、括弧内の Tolstoy のあとに引用箇所のページ番号を示した。

(5) ジョイスとロシアの関係を論じた参考図書として、Neil Cornwell, *James Joyce and the Russians*. がある。

(6)『担え銃《になえつつ》』の完成版に収められなかった徴兵検査のシーンは、ビデオテープ、*Unknown Chaplin* 第三巻に収録されている。

第七章　「ママルージョ」と歴史

――『フィネガンズ・ウェイク』第二部第四章における歴史記述

ドーキーのヴィーコ・ロード（田村　章　撮影）

「ママルージョ」という歴史家

『フィネガンズ・ウェイク』（以下『ウェイク』と略す）第三部第四章、すなわち、三八三ページ一行めから三九九ページ三四行めを論じるにあたって、歴史の問題を避けて通ることはできない。この章は、トリスタン（Tristan）とイゾルデ（Isolde）の情事を取り上げているテクストと"Mamalujo"「ママルージョ」（*FW* 397.11）という名前でひとくくりにされている四人の歴史家についてのテクストとの融合の上に成り立っていて、この章のいたるところに彼ら歴史家たちの歴史観や過去の歴史的事象に関する言及が散りばめられているからである。

近年の『ウェイク』批評をたどってみても、この章において歴史の問題が重要であることはよくわかる。たとえば、クライヴ・ハートは、一九六二年の『フィネガンズ・ウェイクの構造とモチーフ』（*Structure and Motif in Finnegans Wake*）で掲げた「ウェイク計画表」で、この章の「学芸」を「歴史」としている（1962, 17）。この点では、この章は『ユリシーズ』第三挿話に相当する。マイケル・ベグナル（Michael Begnal）は、一九七四年の『「フィネガンズ・ウェイク」概念案内』（*A Conceptual Guide to Finnegans Wake*）で、この章における歴史の問題を整理しており（139-48）、本書の解説を読めば、「ママルージョ」の歴史観の特殊性や歴史的時間と神話的時間といった問題の概略がつかめるであろう。一九九五年にトマス・ホフハインツ（Thomas Hofheinz）が著した『ジョイスとアイルランド史の捏造』（*Joyce and the Invention of Irish History*）の第四章では、『ウェイク』のこの章について植民地アイルランドの歴史の問題を中心に詳細な分析がなされている（106-40）。さらに、アンドリュー・トレイプ（Andrew Treip）は、『ジェイムズ・ジョイス・クオータリー』（*James Joyce Quarterly*）の一九九五年春夏合併号（Vol.32, No.3/4）に掲載された『失われた歴史の夢――フィネガンズ・ウェイク第二部第四章の生成におけるヴィーコの測深音と反響』（"Lost Histereve: Vichian Soundings and Reverberations in the Genesis of *Finnegans Wake* II.4"）で、この章のテクスト生成の問題と関連させながら歴史の問題を論じている（641-57）。また一九九九年に出版されたウィム・ヴァン・ミーロ（Wim Van Mielo）の「フィネガンズ・ウェイクと歴試の問題!?」（"*Finnegans Wake* and the Question of Histry!?"）も重要な論文で、このなかで、「『ママルージョ』においては歴史ではなく歴史の記録がトピックなのだ」（50）という指摘がなされている。これらの研究成果をふまえた上で、「ママルージョ」という四人の歴史家に注目しながら、『ウェイク』のこの章における歴史や歴史記述の問題について考えてみたい。

「ママルージョ」とは、マット・グレゴリー（Matt Gregory）、マーカス・ライアンズ（Marcus

Lyons)、ルーク・ターピー（Luke Tarpey）、そしてジョニー・マックドゥーガル（Johnny MacDougall）という名の四人の年老いた歴史家のことである。[1] 彼らには、マタイ（Matthew）、マルコ（Mark）、ルカ（Luke）、ヨハネ（John）という聖書中の人物の名前（これらの名前のはじめの二文字をつなげて“Mamalujo”となった）と、アイルランドの古代から一六一六年までの歴史を記述した『四導師年代記』（*Annals of the Four Masters*）という書物を著した四人の修道士であるマイケル・オクリアリ（Michael O'Clery）、ペリグリン・オクリアリ（Peregrine O'Clery）、ペリグリン・オドゥイグナン（Peregrine O'Duigenan）、フェアフェサ・オマルコンリ（Farfassa O'Mulconry）の姿が重ねられている。これら修道士の姓名は、姓については、“O'Clery”（*FW* 385.7）、“O'Mulcnory”（*FW* 397.36）、“Duignan”（*FW* 390.11）と三箇所に、そして名は、“Peregrine and Michael and Farfassa and Peregrine”（*FW* 398.15）というようにテクスト上に現われている。

　この四人の歴史家は、「四導師」“fourmasters”（*FW* 394.17）であるにもかかわらず、次の三つの特徴により歴史家としての適格さを欠いている。第一に彼らが語る歴史では公と私が混同されている。たとえば、“they all four remembored who made the world and how they used to be at that time in the vulgar ear cuddling and kiddling her”「彼ら四人はだれがこの世を作ったか、それから西暦世俗年のあの頃、自分たちがどんなふうに彼女を抱きしめ火をつけていたのか記飽くしていた」（*FW* 384.35-385.1）という箇所では、「誰が世界をつくったのか」というきわめて大きな歴史的問題と彼らの情事という個人的な回想が重ねて語られている。こうした公私混同はこの章全体にわたっており、語られるストーリーは目まぐるしく変化していく。この引用では「記憶する」“remember”が「記飽くする」“remembore”に変形されているが、彼らの回想には飽きる（“bore”）ほどの反復があり、この反復が彼らの語りの第二の特徴となっている。たとえばトリスタンとイゾルデの情交の場面については、語り手がすでに語ったにもかかわらず、ジョニーもマーカスもマットも繰り返し語っている。語句についてもこの章全体にわたり、たくさんの反復が見られる。とくに“auld lang syne”（とその変形）、“1132”、“Arrah-na-pogue”（とその変形）の反復は目立っている。『アラー・ナー・ポーグ』（*Arrah-na-Pogue*）とは、十九世紀アイルランドの劇作家ディオニシウス・ブシコー（Dionysius Boucicault）の戯曲のことである。第三の特徴は“anachronism”「時代錯誤」（*FW* 393.20）である。次の引用は時代錯誤を示す典型的な例である。

Marcus. And after that, not forgetting, there was the Flemish armada, all scattered, and all officially drowned, there and then, on a lovely morning, after the universal flood, at about aleven thirty-two was it?

マーカス。そしてそのあと、忘れもしない、大洪水のあとの晴れた朝、十一時三十二分頃であったか？　フランドルの艦隊が、すべて敗走し、そして公式発表ではその場で全員溺死したのだ。（*FW* 388.10-13）

この引用で、マーカスが言いたいのは、ノルマン人が一一六九年にアイルランドに上陸したことについてである。しかし、このことが十六世紀末のスペイン艦隊アルマダの敗北や旧約聖書に書かれた大洪水と混ざりあって混乱したままで語られている。

この四人の年老いた歴史家は、きわめて忘れっぽく、過去のことを正しく思い出せない。さらに彼らは、"lethargy"「嗜眠症」（*FW* 397.8）に陥っていて、見ている夢について半ば眠りながら語ることもある。ベグナルは、彼らのこのような歴史家としての欠陥を説明した上で、彼らは、他の歴史家と同様、信頼できない、なぜなら歴史家は過去を感傷的に扱い、賛美するものだからと述べている（Begnal and Senn, 145）。とはいえ、ジョイスが歴史家と彼らが書く歴史が信頼できないことを示すためだけにわざわざこの章を書いたとは考えられない。本章では、ジョイスが四人の歴史家「ママルージョ」をとおして提示しようとする歴史の捉え方という問題について、キリスト教的歴史観、ヴィーコの歴史観、地層としての歴史の三つに分けて検討し、そうすることによって、この章の意義を明らかにしてみることにしたい。

キリスト教的歴史観

『ウェイク』のこの章の最後の部分は、“*Anno Domini nostri sancti Jesu Christi*”「ワレラガ主イエス・キリスト年」（*FW* 398.31）という文句にはじまる詩になっている。“anno Domini”とは、キリスト教的な直線的歴史観とそれに基づく年代の記録法を象徴することばである。これら老歴史家たちは、“analist”「年代記編者」（*FW* 395.4）であるにもかかわらず、西暦に基づいて年代を述べることがまったく不得手である。おびただしい数の歴史的事象に言及しながらも、その正確な年代を述べることは一度もないし、テクスト上で何度も繰り返される“1132”の年にいったい何が起こったのかも不明である。彼らは数えることが大の苦手で、西暦という目盛のなかで歴史を正確に語ることができないのだ。次の引用では、彼らは年を数えそこなって時代錯誤に陥ってしまう。

. . . and there they were always counting and contradicting every night 'tis early the lovely mother of periwinkle buttons, according to the lapper part of their anachronism（up one up two up one up four）. . . .

……そして彼らは毎晩朝早くまで素敵な真珠母巻貝のボタンをいつも数えては間違えており、彼らの時代錯誤の後半ラップ部分によると（それ一それ二それ一それ四）……（*FW* 393.18-21、省略は筆者）

彼らは、こうした点では歴史家としてまったく不適格であり、このことは"the poor old chronometer"「貧しい時刻測定老人」（*FW* 391.15）や"the poor old timetetters"「哀れな湿疹だらけの時間計測老人」（*FW* 396.27）のような語句に示されている。

ジョイスの作品でキリスト教的歴史観を示しているわかりやすい箇所は、『ユリシーズ』第二挿話でギャレット・ディージー校長が口にする「あらゆる人間の歴史は一つの大いなるゴール、神の顕示に向かって動いている」（"All human history moves towards one great goal, the manifestation of God."）（*U* 2. 380-81）という台詞である。ディージーが述べているような歴史がたどる道筋を表わす語を『ウェイク』のこの章に探すとすれば、それは"Millenium Road"（「至福千年道路」）（*FW*

397.14）であろう。ただし、テクストではこの通りにあるのは養老院とされており、そこでこの四老人は「至福千年」のイメージとはほど遠く、ただ醜い姿をさらけ出している。「至福千年」を表わす語は、これより前にも、“all four, listening and spraining their ears for the millennium and all their mouths making water”「四人とも涎を流して千年王国を求めて耳を澄まして聞こうとしていた」（*FW* 386.10-11）のなかに見られるが、やはり老人の醜態を描く文脈で用いられていることに変わりはない。『ユリシーズ』第二挿話では、ディージー校長が示すキリスト教的歴史観がスティーヴン・ディーダラスによって批判されるが、『ウェイク』のこの章では、積極的に批判されることはない。四人の歴史家には、スティーヴンが持っているような批判精神は与えられてはいないのである。

ヴィーコの歴史観

「ママルージョ」こと、四人の歴史家はテクストに頻出する“repeating”「繰り返す」（*FW* 388.32 ほか）、あるいは“their role was to rule the round roll that Rollo and Rullo rolled round”「彼らのそこでの役割《ロール》はロロとルロが転がり回る丸い回転を統括することであった」（*FW* 389.8-9）、“cycling and a dooing a doonloop"「循環し輪をつくること」(FW 394.14) に見られる反復、回転、循環のような動きを表わす語句とも関わっている。こうした語句はイタリアの哲学者、ジャンバッティスタ・ヴィーコ (Giambattista Vico、一六六八年—一七四四年) の円環的歴史理論を暗示しており、『ウェイク』のあとの部分で、"The Vico road goes round and round"「ヴィーコ・ロードはぐるぐる回る」(FW. 452.21-22) という一節につながっていく。ここで出てくる "Vico road" が円環的歴史観を象徴しているとすれば、先ほどの "Millenium Road" (FW 397.14) は直線状の目的論的歴史観を暗示している。

『ウェイク』のこの章では、ヴィーコとのもう一つの関連の可能性が見られる。ヴィーコは、その著書である『新しい学』(*Scienza Nuova*、一七二五年) において、年表 (Appendix A を参照) を掲げながら、ヘブライ、エジプト、ギリシア、ローマの諸民族の歴史を論じている。『ウェイク』のこの章で取り上げられている歴史的事象は、一見無秩序で断片的であるが、ヴィーコの年表にならって整理してみると、いくつかの特徴が浮かび上がってくる。

第一に、『ウェイク』のこの章で現われている歴史的事象は、舞台となる地域が限定されている。そのため、『ウェイク』のこの章の歴史的事象をまとめた年表を作成してみると (Appendix B を参照) とヴィーコによる年表 (Appendix A を参照) と類似した形のものが出来上がる。しかもジョイスは、ヴィーコのように取り上げる地域名を年表の項目としたときに、その項目名となるような語句までテクスト中に用意している。もっとも頻繁に取り上げられる歴史的事象は、当然、アイルランドとイングランド、および両国に古代に侵攻した北欧諸国で起こったことである。この地域については、“home, colonies and empire”「本国、植民地と帝国」（*FW* 393.14）というフレーズが年表の項目となる。ギリシアとローマの歴史への関心については、“in their half a Roman hat, with an ancient Greek gloss on it”「古代ギリシアの十字架のついた半ローマ帽をかぶって」（*FW* 390.17-18）に読みとることができよう。ドイツやフランスについての言及もあり、これについては、“And exchullard of ffrench and gherman”「それに仏独語学者」（*FW* 392.15）を拾い上げることができる。以上のヨーロッパ諸地域に加えて、聖書世界とエジプトにも触れられている。ヴィーコの年表でも『ウェイク』のこの章でも、歴史はこれらの地域にはじまっており、両者ともに取り上げている最古の歴史的事象は、“the universal flood”（*FW* 388.12）、すなわち世界大洪水である。

『ウェイク』この章の第二の特徴は、ヴィーコが年表で取り上げた歴史的事象への言及が見られることである。たとえば、ヴィーコが問題にしている成文法への言及がこの章でさかんになされている。“round their twelve tables”「十二の表の周囲で」（*FW* 389.3）では、古代ローマの十二表法が読みとれ（Hofheinz, 131）、ヴィーコもこの法を取り上げている。さらに“codex”「古写本」（FW 397.30）も“Codex Justinianus”「ユスティニアヌス法典」などローマの法典を連想させ、“Senchus Mor”「シャンカス・モー」（FW 397.31, 398.23）とは、五世紀に聖パトリックによりキリスト教に適合するように改められたアイルランドの法大全のことである。また、歴史家についての言及があることも両者に共通している。ヴィーコは年表のなかでフェニキアの歴史家サンクニアトン（Sanchuniathon）に触れているのに対し、ジョイスはデンマークの歴史家サクソ・グラマティクス（Saxo Grammaticus）と古代ローマの伝記作家コルネリウス・ネポス（Cornelius Nepos）について、それぞれ“sexon grimmacticals”（FW 388.31）、“Cornelius Nepos”（FW 389.28）のように言及している。

『ウェイク』のこの章には、以上のようなヴィーコの年表との類似に加えて、もう一つの大きな特徴がある。ここで取り上げられている歴史的事象がアイルランドとイギリスの一〇〇〇年から一一〇〇年代に集中していて、とりわけアイルランドへの侵略の歴史が問題になっていることである。この章の最後のほうで、“*the cross of Cong*”「コングの十字架」（FW 399.25）が出てくるが、これはアイルランド最後の大王コンホバル（Conchobhair）王のために一一二三年から一一二七年にかけて作られたものである。その後アイルランドでは、テクストで“1169”（FW 389.13, 391.02）と年号が示されている一一六九年のストロング・ボウ（Strongbow）に率いられたノルマン人の侵略、続いてヘンリー二世（Henry II）による介入を経て、急速に植民地化が進んでいく。この章で、そして『ウェイク』全体で何度も繰り返される"1132"が、ジェイムズ・アサトンが説明しているように、「『ウェイク』における一サイクルの長さ」（176）であるとすれば、この章のテクストに散りばめられた一〇〇〇年から一一〇〇年代の侵略の歴史への言及は、アイルランド史のなかの一つの円環が閉じる直前の混乱期を描いていると説明できるだろう。

地層としての歴史

この章の歴史を問題にするにあたって忘れてはならないことは、「水没のイメージ」が繰り返されていることである。この章では、ヴィーコの年表で最古の歴史的事件として取り上げられている「世界大洪水」にはじまって、さまざまな水没について繰り返し言及されている。この典型的な例が、マットの語りのなかにある次の箇所である。

. . . the four saltwater widowers, and all they could remembore, long long ago in the olden times . . .

there was the official landing of Lady Jales Casemate, in the year of the flood 1132 S.O.S., and the christening of Queen Baltersby, the Fourth Buzzersbee, according to Her Grace the bishop Senior, off the whate shape, and then there was the drowning of Pharoah and all his pedestrians and they were all completely drowned into the sea, the red sea, and then poor Merkin Cornyngwham, the official out of the castle on pension, when he was completely drowned off Erin Isles, at that time, suir knows, in the red sea . . . .

四人の塩水やもめ、彼らが思い出せることと言えば、……一一三二年の洪水S・O・Sの年、レディ・ジュール・ケイスメイトの正式上陸があり、長老司教閣下によればホワイト・シップ船外でのバルターズビー女王、第四代バザーズビーの命名式があり、それからファロアと彼の歩兵全員が溺死し、彼らは完全に海、つまり紅海の藻屑となり、それから城を辞めた元役人で年金暮らしの哀れなマーキン・コーニンガムが、あのとき、エリンの島の沖、確かに、紅海で完全に溺死した。（*FW* 387. 16-30、省略は筆者）

この箇所では、一一三二年の洪水で、エジプト王“Pharaoh”「ファラオ」（ただし“Pharoah”「ファロア」

に変形されている）の一行が紅海に沈んだこと、ダブリン市民の一人マーキン・コーニンガム（『ユリシーズ』の登場人物であるマーティン・カニンガム）がアイルランド近海で溺れたことが述べられている。続くマーカスの語りのなかでも、一一三二年頃のフランドル艦隊の水没について語られている（*FW* 388.10-12）。

水のなかに没していくという記述がある一方、水のなかから生まれてきたという記述もある。たとえば、ジョニーの語りのなかには、"how our seaborn isle came into exestuance"「いかにしてわれらの海から生まれた島が沸騰成立したか」（*FW* 387.12）という箇所がある。ここでの「海から生まれた島」については、前後の文脈をふまえて「アイルランド、デンマーク、アルメニアを一緒に結びつけたもの」（Mamigonian, 91）という解釈もなされている。アイルランドが「海から生まれた島」であるという説明は不思議な面もあるが、四方が海で囲まれていることやダブリンなどの都市がスカンジナビアから海を渡ってやってきたヴァイキングによって造られたことを考えると、まったくおかしな話であるとも言えないであろう。

ジョイスが生きた時代は著名な遺跡の発掘が活発に行なわれていた時代であった。彼が生まれる一八八二年より少し前になるが、一八四〇年代から六〇年代にかけて、ヴァイキングの遺跡発掘がダブリンのリフィー川にかかるアイランド橋のそばで行なわれた。この遺跡は九世紀につくられた墓地であり、ここで彼らが使っていた剣などの武器や、鋤や鍬などの農機具が発見されたという。『ウェイク』のこの章で、ダブリンは“old Hungerford-on-Mudway”「泥道に面した古き飢え浅瀬」（*FW* 393.9）と呼ばれているが、ここでの“Mud”（泥）からも「発掘」を連想することができる。また、本書第三章ですでに述べたように、ギリシアでは、一九〇〇年から一九二二年にかけて、シュリーマンとエヴァンスによって、クレタのクノッソス遺跡の発掘が進められていた。続いて一九二二年には、ハワード・カーター（Howard Carter）とカーナヴォン卿（Lord Carnarvon）によって、ナイル川西岸の王家の谷でツタンカーメンの遺跡が発見された。ジョイスはこのエジプトの遺跡にも多大な関心を抱いたらしく、『ウェイク』のこの章では「ツタンカーメン」を連想させるフレーズとして、“Two-tongue Common”（*FW* 385.4-5）、“Navellicky Kamen”（*FW* 392.25）、あるいは逆綴りで“Nema Knatut”（*FW* 395.23）と三度登場している。

このように『ウェイク』のこの章では、ジョイスの「発掘」へのこだわりを感じずにはいられない。「発掘」とは、水没等によって地層の下のほうに埋もれてしまっていた過去の遺物を取り出すことであるが、ここにジョイスが重視する歴史観が関わってくる。ジョイスが抱く歴史観は、過去から現在、そして現在から未来へと直線的に進むイメージではない。過去は次第に埋もれていき堆積して地層をつくり、この「歴史の地層」(2)の上に現在があるというイメージをジョイスは重視する。こうした歴史観についてトマス・カーライルは「歴史について」と題した評論で次のように説明している。

. . . actual events are nowise so simply related to each other as parent and offspring are; every single event is the offspring not of one, but of all other events, prior or contemporaneous, and will in its turn combine with all others to give birth to new: it is an ever-living, ever-working Chaos of Being, wherein shape after shape bodies itself forth from innumerable elements. And this Chaos, boundless as the habitation and duration of man, unfathomable as the soul and destiny of man, is what the historian will depict, and scientifically gauge, we may say, by threading it with single lines of a few ells in length!

……現実の事件と事件との関係は、決して、親と子の関係のように単純ではない。単一の事件でも、すべて、一つの事件から生まれるものでなくて、時間的に先行するかもしくは同時に起こる、他のすべての事件から生まれるものであり、やがて今度は、他のあらゆる事件と合一して、新しい事件を生み出すのである。すなわち、それは、永遠の生命をもち、永遠に働き続ける生命のカオスであって、そのカオスのなかで、無数の要素から、次から次へと、新しい形態が生成されるのである。そして、人類の住居や存続のように無限であり、人類の霊魂や宿命のごとく測り知れない、このカオスこそは、歴史家が、わずかな長さの紐で綴りあわせつつ、描き出し、科学的に測定しようとする対象である。（1984, 59-60、省略は筆者[3]）

カーライルは、歴史を「無限の」（"boundless"）「広さ」と「測ることのできない」（"unfathomable"）「深さ」をもつ存在のカオスと捉えている。そしてこのような「広さ」と「深さ」をもつ歴史を、過去、現在、未来と進む一本の線の上で「科学的に」捉えようとする歴史家の行為を批判する。

. . . all Narrative is, by its nature, of only one dimension; only travels forward towards one, or towards successive points: Narrative is *linear*, Action is *solid*. Alas for our 'chains,' or chainlets, of 'causes and effects,' which we so assiduously track through certain handbreadths of years and square miles, when the whole is a broad, deep Immensity, and each atom is 'chained' and completed with all! Truly, if History is Philosophy teaching by Experience, the writer fitted to compose History is hitherto an unknown man.

……すべての物語りは、本質的には、ただ一次元のものであり、ただ一点に向かって、もしくはその点の連続に向かって前進するのみである。すなわち、物語は線的であり、行為は立体的である。われわれは、「原因・結果」の「連鎖」または小連鎖を十指をもって数えられる小年月、片手の幅で計られる小空間のなかに熱心に求めているが、時・空の全体は幅広く奥深い無限であり、各分子はあらゆる分子と「連鎖」され、結合していることを考えあわすとき、何とあわれな努力であることか。まことに、歴史は、哲学が経験によって教えることである、とするならば、歴史を書くにふさわしい歴史家は、今までまだ知られていない。(1984, 60、省略は筆者)

「ママルージョ」こと四人の老歴史家は、かつて大学で歴史を講じたことになっている。

Those were the grandest gynecollege histories . . . for teaching the Fatima Woman history of Fatimiliafamilias, repeating herself, on which purposeth of the spirit of nature as difinely developed in time by psadatephology, the past and present . . . and present and absent and past and present and perfect *arma virumque romano.*

それは最大の婦人科史だった。宿命のマイル家族のファーティマ女性史を教える目的のもの、疑似電話方式により、過去及び現在、……また現在および不在および過去および完了の時間において見事に発達した自然の精神を示し、「ワレ武器ト勇士ヲロマンニ綴ル」と彼女は繰り返した。（*FW* 389. 9-19、省略は筆者）

彼ら四人が講じるのは、「過去」、「過去完了」といった文法用語で捉えられるような単純化された歴史である。そしてこの歴史の基盤にあるのは、“psadatepholomy”（*FW*389.17）である。これは「疑似電話方式」であるとともに、“pseudo-”という接頭辞を冠した「まがいの日付学」とも読むことができよう。この四人が日付や年代を正しく覚えられないのは、すでに見たとおりであり、彼らが大学で歴史をきちんと教えていたとはとても考えられないのである。

『ウェイク』のテクストでは、このあとに“the rathure's evelopment in spirits of time in all fathom of space”「空間の全尋の深さのなかの時間の精神における鼠自然の進展」（*FW* 394.10）という箇所がある。ここでは自然も時間も「深さのある空間」のなかに置かれているのである。さらに彼らは、"their fathomglasses to find out all the fathoms"「深海のすべてを見つけようと千尋眼鏡」(*FW* 386.16-17) を所持しており、言わば「歴史の深み」を探ろうとしているのである。この章で繰り返される単語"remembore"の"bore"には、「飽きる」という意味に加えて「(穴を) 掘る」という意味も盛り込まれている。「地中深くに細い穴を掘ること」の意味をもつ「ボーリング」(boring) のことである。(4)「ママルージョ」にとって、歴史は足下の地中に、この章の舞台で言えば、海中に存在しているのである。

トリスタンとイゾルデが航海している海とは、歴史のカオスの海である。「世界大洪水」以後の歴史がこのカオスの海に呑み込まれている。歴史のカオスに何らかの秩序を与えるためにキリスト教的な直線的歴史観やヴィーコの歴史循環説が生まれた。『ウェイク』全体はヴィーコの循環説に基づいて構成されており、この章も例外ではない。しかし、この章でジョイスがもっとも強調しようとしているのは、こうしたさまざまな歴史哲学を超えていっさいを包含してしまうカオスとしての歴史の姿ではないだろうか。

註

（1）「ママルージョ」たち四人の人物設定についてはジョイスがハリエット・ショー・ウィーヴァー（Harriet Shaw Weaver）に宛てた手紙のなかで表を掲げて示している（*SL* 297)。

（2）「地層としての歴史」という考え方については、富山太佳夫『ダーウィンの世紀末』所収の「発掘、地質学、歴史小説――世紀末文化の記号論」を参考にした。

（3）「歴史について」の引用に用いた邦訳には、宇山直亮訳『歴史の生命――カーライル選集・6』所収のものを一部変更の上、用いた。

（4）浅井学氏の指摘による。

Appendix A: CHRONOLOGICAL TABLE

BASED ON THE THREE EPOCHS OF THE TIMES OF THE EGYPTIANS, WHO SAID ALL THE WORLD BEFORE THEM HAD PASSED THROUGH THREE AGES: THAT OF THE GODS, THAT OF THE HEROES, AND THAT OF MEN (I)

HEBREWS (II)	CHALDEANS (III)	SCYTH-IANS (IV)	PHOENICIANS (V)	EGYPTIANS (VI)	GREEKS	ROMANS	Years of the world	Years of Rome
Universal flood							1656	
	Zoroaster, or the kingdom of the Chaldeans (VII).						1756	
	Nimrod, or the confusion of tongues (IX).				Iapetus, from whom spring the giants (VIII). One of these, Prometheus, steals fire from the sun (X).		1856	
				Dynasties in Egypt.	Deucalion (XI).			
Call of Abraham				Thrice-great Hermes the elder, of the Egyptian age of the gods (XII).	The golden age, or the Greek age of the gods (XIII).			
					Hellen–son of Deucalion, grandson of Prometheus, great grandson of Iapetus–through his three sons, spreads three dialects in Greece (XIV).		2082	
					Cecrops the Egyptian brings twelve colonies into Attica, of which Theseus later makes up Athens (XV).			
					Cadmus the Phoenician founds Thebes in Boeotia and introduces vulgar letters into Greece. (XVI).		2448	
God gives the written law to Moses.						Saturn, or the Latin age of the gods (XVII).	2491	

				Thrice-great Hermes the younger, or the Egyptian age of heroes (XVIII).	Danaus the Egyptian drives the Inachids out of the kingdom of Argos (XIX). Pelops the Phrygian reigns in the Peloponnesus.		2553	
					The Heraclids, spread abroad through Greece, bring in the age of the heroes there. Curetes in Crete, in Saturnia or Italy, and in Asia, bring in the kingdoms of the priests (XX).	Aborigines.	2682	
	Ninus reigns with the Assyrians						2737	
			Dido of Tyre goes to found Carthage (XXI).					
			Tyre celebrated for navigation and colonies		Minos king of Crete, first lawgiver of the gentle nations and first pirate of the Aegean.		2752	
					Orpheus, and with him the age of the theological poets (XXII). Hercules, with whom the heroic time of Greece reaches its climax (XXIII).	Arcadians		
			Sancuniates writes histories in vulgar letters (XXIV).		Jason gives a beginning to naval wars with that of Pontus. Theseus founds Athens and establishes the Areopagus there.	Hercules with Evander in Latium, or the Italian age of the heroes	2800	
					Trojan war (XXV).		2820	
					Wanderings of the heroes, and especially of Ulysses and Aeneas.			
						Kingdom of Alba	2830	
Reign of Saul.					——		2909	

				Sesostris reigns in Thebes (XXVI).	Greek colonies in Asia, in Sicily, in Italy (XXVII).		2949	
					Lycurgus gives laws to the Lacedaemonians.		3120	
					Olympic games, first founded by Hercules, then suspended, and restored by Isiphilus (XXVIII).		3223	
						Founding of Rome (XXIX).		1
					Homer, who came at a time when vulgar letters had not yet been invented, and who never saw Egypt (XXX).	Numa king.	3290	37
				Psammeticus opens Egypt, but only to the Ionian and Carian Greeks (XXXI).	Aesop, vulgar moral philosopher (XXXII).		3334	
					Seven sages of Greece: of whom one, Solon, institutes popular liberty in Athens; another, Thales the Milesian, gives a beginning to philosophy with physics (XXXIII).		3406	
	Cyrus reigns in Assyria with the Persians				Pythagoras, of whom, according to Livy, not so much as the name can have been known at Rome during his lifetime (XXXIV).	Servius Tullius king (XXXV).	3468	225
					Pisistratid tyrants driven from Athens.		3491	
						Tarquin tyrants driven from Rome	3499	245
					Hesiod (XXXVI), Herodotus, Hippocrates (XXXVII).		3500	

		Idanthyrsus king of Scythia (XXXVIII)			Peloponnesian War, Thucydides, who writes that up to his father's day the Greeks knew nothing of their own antiquities, therefore set himself to write of this war (XXXIX).		3530	
					Socrates originates rational moral philosophy. Plato flourishes in metaphysics. Athens is resplendent with all the arts of the most cultivated humanity (XL).	Law of the Twelve Tables.	3553	303
					Xenophon, carrying the Greek arms into the heart of Persia, is the first to learn of Persian institutions with any certainty (XLI).		3583	333
						Publilian law (XLII).	3658	416
					Alexander the Great overthrows the Persian monarchy and subjects Persia to Macedonian rule. Aristotle visits the Orient and observes that previous Greek accounts of it were fabulous.		3660	
						Petelian law (XLIII).	3661	419
						War with Tarentum wherein the Latins and the Greeks begin to know each other (XLIV).	3708	489
						Second Carthaginian War, with which Livy begins the certain history of Rome, though he professes to be ignorant of three important circumstances (XLV).	3849	552

Giambattista Vico, *The New Science of Giambattista Vico.* Cornell UP, 1968.

Appendix B:『フィネガンズ・ウェイク』第二巻第四章　年表

（作成にあたっては，Roland McHugh, *Annotations to Finnegans Wake*. 4th ed. を参考にした。）

聖書世界・エジプト	ギリシア・ローマ in their half a Roman hat, with an ancient Greek gloss on it（390.17-18）
BC ノアと世界大洪水に関するもの the universal flood（*FW* 388.12） *a Noah's ark*（*FW* 383.9） the Noal Sharks（*FW* 393.11）	BC 527-460 Themistletocles［アテナイの政治家」（*FW* 392.24）
Pharoah［Pharaoh］（*FW* 387.26）一行の水没	
ツタンカーメンに関するもの Two-tongue Common（*FW* 385.4-5） Navellicky Kamen（*FW* 392.25） Nema Knatut（*FW* 395.23）	450 十二表法について round their twelve tables（*FW* 389.3） codex［Roman law system］（*FW* 397.30） auspices［ローマの鳥占い］（*FW* 384.3, 392.27, 397.29）
The Book of the Dead に関するもの Nush, the carrier of the word（*FW* 385.5） Mesh, the cutter of the reed（*FW* 385.6）	100-25 Cornelius Nepos［歴史家］（*FW* 389.28） Dion Cassius［歴史家］（*FW* 391.23）

アイルランド・イギリス・北欧 "home, colonies and empire" (393.14)	フランス・ドイツ "ffrench and gherman" (392.15)
AD	
Ossian (*FW* 385.36)	
Senchus Mor [古代アイルランドの慣習法] (397.31, 398.23)	
389?-461 Saint Patrick (*FW* 388.13) oldpoetryck (*FW* 393.10)	
the mad dane (*FW* 385.16)	7世紀　bagoderts [Dagobert, King of Franks] (*FW* 394.18)
849-99 alfred cakes [Alfred the Great] (*FW* 392.32)	
860?-931? Rollo (*FW* 389.8)	
878 peaces pea to Wedmore [Peace of Wedmore between King Alfred & the Danes] (*FW* 391.27)	
アーサー王に関するもの Runtable's (*FW* 387.36), roundup (*FW* 388.34) old Gallstonebelly [Glastonbury] (*FW* 393.18)	
1002 the mossacre of Saint Brices [All Danes in England massacred by order of Ethelred the Unready, St. Brice's Day] (*FW* 390.1)	
1014 the dynast days of old konning Soteric Sulkinbored and Bargomuster Bart [Sitric Silkenbeard led Danes at the battle Clontarf] (*FW* 393.7-8)	
941-1014 Boris O'Brien [Brian Boru] (*FW* 385.15)	
1066 he [William] poled him up (*FW* 393.12) Worman's Noe (*FW* 387.21)	
1120 the bishop Senior, off the whale shape [Henry I's only son William was drowned in the sinking of the White Ship] (*FW* 387.25)	
1123-27 *the cross of Cong* (*FW* 399.25) was made	
"1132" [テクストで反復される年号]	
1150?-1220? sexon grimmacticals [Saxo Grammaticus] (*FW* 388.31)	
"1169" [テクストで反復される年号、この年に Strongbow lands in Ireland] (*FW* 391.2 など)	
1171 laudabiliter [Adrian IV's bull which granted Ireland to Henry II] (*FW* 392.36)	
1178 Engrvakon saga [Hungr-vaka, saga of bishops in Skalholt up to 1178] (*FW* 394.26-27)	

(次ページに続く)

アイルランド・イギリス・北欧 “home, colonies and empire” (393.14)	フランス・ドイツ “ffrench and gherman” (392.15)
?-1242? Lord Hugh [Hugh de Lacy, governor of Dublin] (*FW* 388.33)	
1330 princest day [Prince Edward 1330-76] (*FW* 387.19)	
1485?-1555 Latimer Roman history [Hugh Latimer, English Church Reformer] (*FW* 388.32)	
	1548 after the interims of Augusburgh [プロテスタントとカトリックの紛争解決のための神聖ローマ皇帝 Charles 五世の命による仮信条協定」(FW 384.16-17)
1700 Chichester College auction (*FW* 390.18)	
1763 whiteboys (*FW* 385.9) oakboys (*FW* 385.9)	
“1768” [テクストに示されている年号] (*FW* 391.2)	1769-1821 ナポレオンに関するもの Lapoleon (*FW* 388.16) Bonaboche [Bonaparte] (*FW* 388.21) Napoo (*FW* 389.29)
1780-1802 Senders Newslaters [Saunders Newsletter] (*FW* 389.36-390.1)	
1784-95 piping tom boys [Peep of Day Boys, Irish Protestant group] (*FW* 385.10)	
1775-1847 ダニエル・オコンネルに関するもの where the statue of Mrs Dana O’Connell (*FW* 386.21-22) Mrs Duna O’Cannell (*FW* 392.30) the emancipated statues [O’Connell was ‘The Emancipator’] (*FW* 386.25)	

第八章　聖パトリックと「ママルージョ」

——『フィネガンズ・ウェイク』第三部第三章冒頭における歴史記述

タラの丘にある聖パトリック像

はじめに

『フィネガンズ・ウェイク』（以下『ウェイク』と略す）第三部第三章、すなわち四七四ページ一行めから五五四ページ十行めの中心となる問題の一つが歴史記述である。この章の冒頭では、夢のなかの世界という『ウェイク』全体の設定のもとに、ヨーン（Yawn）という名の巨人に焦点が当てられている。ヨーンは、アイルランドの聖なる丘の一つに横たわっていて、そこに本書第七章で詳しく論じた「ママルージョ」と呼ばれる四人の年老いた歴史家がやって来て尋問を行なう。ヨーンは歴史すべての貯蔵庫のような存在で、この章で読者は宇宙の創造から近代都市の建設にいたるまでの歴史を目の当たりにすることになる。本章では歴史書もたびたび取り上げられており、古代から一六一六年までのアイルランド史の記録である『四導師年代記』（十七世紀に出版）に加えて、劇作家シェイクスピアも活用した英国史の記録『ホリンシェッドの年代記』（*Holinshed's Chronicles*, 一五七七年出版）や旧約聖書の歴史書の一つエステル記（The Book of Esther）なども現われている。

ヨーンは、自分のことを“This same prehistoric barrow”「この同じ先史時代の塚」（*FW* 477.36）

と述べているように、先史時代の巨大な塚になって横たわっている。彼はまた自分が“Trinathan partnick dieudonnay”「トリナサン・パートニック・神の子」(*FW* 478.26)であると認めるように、『ガリバー旅行記』(*Gulliver's Travels*)の著者であるジョナサン・スウィフト(Jonathan Swift)、伝説『トリスタンとイゾルデ』の主人公トリスタン、そしてアイルランドにキリスト教を広めた聖パトリックでもある。

本章では、『ウェイク』第三部第三章の冒頭部分である四七四ページ一行めから四八五ページ七行めまでを細かく読みながら、ここでの聖パトリックの描写の意義を検討し、『ウェイク』における歴史の扱い方の一端を明らかにしたい。

『ウェイク』における聖パトリックに関する先行研究

聖パトリック(三八九年頃―四六一年)は、ブリテン島に生まれアイルランドにキリスト教を広めたあと、のちにアイルランドの守護聖人となった人物である。彼の命日の三月十七日は聖パトリックの日(St. Patrick's Day)としてアイルランドのみならず北米やオーストラリアでも祝われている。またシャムロック、すなわちクローバーの葉を手にして「三位一体」を説いたことても有名で、シャムロックは彼のシンボルとなったことはよく知られている。

『ウェイク』における聖パトリックの記述に関する研究はそれほど多くはない。ジョイス研究の基本図書のなかで比較的詳しく取り上げているのは、ジェイムズ・アサトンの『通夜で目覚めた本』とアダリーン・グラシーン（Adaline Glasheen）の『フィネガンズ・ウェイクのセンサス第三版』（*A Third Census of Finnegans Wake*）である。アサトンは、『ウェイク』の出典研究である同書で、パトリックの伝記的な内容に関する出典として、パトリック自身が記したいわゆる『告白』（*The Confession of St. Patrick*' 四五五年に書かれたとされている）や聖マケヴィン（St. McEvin）が書いた『聖パトリックの三部からなる人生』（*The Tripartite Life of St.Patrick*' 五一〇年）を挙げている。グラシーンはその著書の"Patrick, St"の項（225-26）で『ウェイク』のテクスト全体におけるパトリックに関する言及を簡潔に説明している。

『ウェイク』のテクストと聖パトリックの生涯の関わりを全体的に論じたものとしては、エドワード・コッパー（Edward A. Kopper, Jr.）による「フィネガンズ・ウェイクでの聖パトリック」（"Saint Patrick in Finnegans Wake"）がある。この論文の冒頭でコッパーは次のように述べている。

ジョイスが『ウェイク』において聖パトリックを用いていることについては、ジョイス研究者の説明のいたるところで触れられてはいるが、作中におけるこの聖人の役割はこれまで十分に評価されたことは一度もなかった。この論文で私は正しい方向に一歩踏み出したい。私はジョイスが『ウェイク』で用いたと思われるパトリックについてのいくつかの伝説を指摘し、そしてこの聖人の人生はジョイスの謎解きの小説における主要な構造をつくる仕掛けであるかもしれないと述べたいと思っている。本研究は、そこで、完全なものではないが、新たな可能性をはらむものでありたいと願っている。(85-86、強調は筆者)

コッパーはこのように、『ウェイク』におけるパトリックの人生への言及の重要性を指摘している。さらにジョイスが用いたとされるパトリック伝として、ジョン・ベリー(John. B. Bury)が一九〇五年に出版した『聖パトリックの生涯と歴史上の位置』(*Life of St. Patrick and His Place in History*)を紹介するとともに、もっとも重要な伝記として一一八五年にシトー修道会の修道士ジョスラン(Jocelyn)が著した『聖パトリックの生涯』(*The Life of St. Patrick*)を挙げている(86-87)。コッパーは、『ウェイク』のテクスト全体に散りばめているパトリックに関するアリュージョンを次の六つのエピソードに分けて解説している。

（一）パトリックと古代アイルランドのリアリー（Leary）王のタラでの対決（四三六年）（87-89）
（二）パトリックが二つのドルイドの偶像、クロム・クルーアハ（Crom Cruach）とウッラ・ウッラ（Wurra-Wurra）を処分したこと（89）
（三）パトリックと聖ブリギッド（St.Brigid）、娼婦に身を落とした女のきょうだいのルピタ（Lupait/Lupita）（90）
（四）ドルイドの「王」、デール（Daire）とウイ・リレイク（Ui-Lilaigh）の人々がパトリックに引き起こすトラブル（91-92）
（五）パトリックと四人の聖人、すなわち聖ブレンダン（St. Brendan）、聖マーティン（St. Martin）、聖デーヴィッド（St. David）、および聖フィアークル（St. Fiacre）（92-93）
（六）パトリックとシャムロックに関するエピソード（93）

コッパーはパトリックについて以上のエピソードを解説し、『ウェイク』のテクスト全体に目を向けている。しかしながら、本章で扱う第三部第三章の冒頭（*FW* 474.1-485.7）については"*Moy jay trouvay la clee dang les champs*"「ダガ見ツケマシタヨ、ボクハ。原ッパノ鍵ノクローバーヲ」（*FW* 478.21）を論文の末尾で引用している以外にはまったく触れてはいない。このためこの章の冒頭部分におけるパトリックについての言及を考察する意義があるはずである。

第三部第三章冒頭における聖パトリックのエピソード

それでは、『ウェイク』第三部第三章の冒頭で、聖パトリックはどのように取り上げられているのだろうか。この範囲におけるジョイスによる聖パトリックのエピソードの概略をテクストに沿って確認しておきたい。

この範囲の中心となるのは、"mamalujo"「ママルージョ」(*FW* 476.32) という呼び名でまとめられている四人の老歴史家、すなわちマット・グレゴリー (Matt Gregory)、マーカス・ライアンズ (Marcus Lyons)、ルーク・ターピー (Luke Tarpey)、ジョニー・マックドゥーガル (Johnny MacDougall) によるヨーンに対する尋問、すなわち"starchamber quiry"「星室庁尋問」(*FW* 475.18-19) である。

第三部第三章において、聖パトリックの名前は横たわっているヨーンの描写の最初で、"*the odd trick of the pack*, trump and no friend of carrots. And, what do you think, who should be laying there above all other persons forenenst them only Yawn!"「トランプのパックの奇妙なトリック、人参の友

にあらざるものも、彼らのそばにいる動物もみんな一緒に。彼らの向こうのそこに横たわっているのはだれかと言えば、ほかならぬヨーン！」（*FW* 476.17-19, 強調は筆者）と現われるのが初出である。パトリックの名前が「トリック」と「パック」に解体されて出されているのは、あたかも遺跡の発掘で過去の遺物が断片となって掘り出される状況を思い起こさせる。なお、ジョイスはパトリックが生きた時代、すなわち西ローマ帝国滅亡（四七六年）直前のローマ時代のブリタニアやアイルランドの時代背景にも留意しており、"Yawn in a semiswoon lay awailing"「ヨーンは半ば気を失って横たわって待ち嘆く横たわり」（*FW* 474.11）という描写では古代ローマの銅貨である"semis"（セーミス貨）が重ねられている。

横たわっていたヨーンは次のように目覚め、ここから四人の歴史家による尋問がはじまる。

—Y?

—Before You!

—ああ？

—ごらんのとおりで！（*FW* 477.31-32）

ここでのヨーンの第一声である“Y”について、ジョン・ゴードン（John Gordon）は、「Y-girl であるイシー（Issy）を求める声である」（1986, 238）とした上で、さらに「パトリックの誘拐された女のきょうだいのルピタ（Lupita）である」（1986, 239）と述べている。

ヨーンは、四人の尋問を上手にかわしていき、明確な答えを与えはしない。マットによる“Name yur historical grouns.”「君の歴史的な基盤を話してくれ」（*FW* 477.35）という問いかけにも“This same prehistoric barrow ʻtis, the orangery.”「この同じ前史時代の塚、オレンジ畠に」（*FW* 477.36）と答え、ちぐはぐなやりとりがなされている。マイケル・ベグナルが『夢の計画』（*Dreamscheme*）指摘しているように、ここでの問答は、コミュニケーションのための共通の言語をふまえたものではなくなっている（91）のである。

ヨーンは、まもなくフランス語を話しはじめ（*FW* 478.19-22）、会話はますます混乱したものとなる。ヨーンがフランス語を話す理由として、マックヒューは『「フィネガンズ・ウェイク」注解』のなかで、「聖パトリックはもともとフランス出身」との註をつけている（478）。パトリック誕生の地には諸説あるが、ブリテン島北部という説が有力である。トマス・カヒル（Thomas Cahill）は『聖者と学僧の島』（*How the Irish Saved Civilization*）で、パトリックはアイルランドに布教に来る前に、現在フランスの一部であるガリア地方カンヌ沖の地中海にあるレラン諸島（Lérins Islands）の修道院で修行をし（四二一年–四三〇年）、そこで司祭、ついで司教となったと解説している（一五〇–五一）。一方、エドマンド・エプスタイン（Edmund Epstein）は、ここではヨーンに重ねられたトリスタンがフランス語で話していると解釈している（191）。ヨーンのフランス語の台詞のなかでも、先にも述べた"mais *Moy jay trouvay la clee dang les champs.* Hay sham nap poddy velour, come on!"「ダガ見ツケマシタヨ、ボクハ。原ッパノ鍵ノクローバヲ。価値アルモノトイウワケデモアリマセンガ。ほら!」（*FW* 478.21-22）は、"*clee*"と似た綴りのドイツ語の"klee"が英語の"clover"であることや、"sham nap"が"shamrock"「シャムロック」を連想させることから、聖パトリックと関連づけてよいだろう。

続いて歴史家の一人であるマットとヨーンの間で、次のような問答が行なわれる。

> Whur's that inclining and talkin about the messiah
> so cloover? A true's to your trefling! Whure yu!
> —Trinathan partnick dieudonnay. Have you seen her?
> Typette, my tactile O!

—Are you in your fatherick, lonely one?

—The same. Three persons. Have you seen my darling only one? I am sohohold!


お前さんはいったいだれだ？　腰を屈め、そんなに巧みに救世主のことを話すお前さんは？　妙な三つ葉話はやめよ！　だれだ、お前さんは！

—トリナサン・パートニック・神の子。彼女を見たことがありますか？　タイペット、ぼくのタイピスト！

—君は父パトリック、孤独の人か？

—同じこと。三つの人格の。ぼくの大事な一人の人を見たことがありますか。ああ、はんさむさむい！（*FW* 478.24-30）

ここで、“messiah so clover”は、「クローバー」から「シャムロックの救世主」と読める。ヨーンは“Whure yu!”という問いに“Trinathan partnick”と答え、ここで“Tristan”「トリスタン」、“Jonathan Swift”「ジョナサン・スウィフト」、“St. Patrick”「聖パトリック」というヨーンに重ねられた三つのアイデンティティが示されている。このときもヨーンは、"Y"の所在が気になっており、「彼女を見たことがありますか」、「ぼくの大事な一人の人を見たことがありますか」と重ねて問いかけている。

マットによる尋問が続くなかで、ヨーンは突然、"The woods of fogloot! O mis padredges!"「フォッグルートの森だ! おお、わがご先祖様!」（*FW* 478.34）と叫ぶ。「フォッグルートの森」とはアイルランド西北部のメイヨー州にあったとされるフォックルートの森（the Wood of Foclut）であるとマックヒューは註をつけている（478）。『ウェイク』のこの部分は、パトリックが自ら記した『聖パトリックの告白』（*The Confession of St. Patrick*、以下『告白』または *Confession* と略す）の次に引用するエピソードに由来する。パトリックは、アイルランドでの奴隷生活のあと逃亡して、ブリタニアの両親のもとに戻る。ある夜パトリックは、フォックルートの森の近くにいる大勢のアイルランド人が自分を呼んでいる声を耳にするのである。

そしてそこで、真夜中に、私はアイルランドから来たと思われる一人の男に会った。彼の名はヴィクトリウスで、数えきれないくらいの手紙を持っており、そのなかの一つを私に手渡した。そして私は「アイルランド人の声」と最初に書かれた書簡を読んだ。私は手紙の冒頭を朗読していると、心のなかで西の海のそばにあるフォックルートの森の近くにいる人たちの声を聞いた気がした。彼らは「聖なる若者よ、私たちはあなたにこちらに来て歩みをともにされるよう懇願する次第です」と叫んでいた。私の心は大いに感動し、手紙をもうこれ以上読めなかった。そして目が覚めた。（14-15、強調は筆者）

『ウェイク』のテクストでは、そのあと歴史家の一人であるジョニーの台詞が次のように続く。

Sure, I used to be always overthere on the fourth day at my grandmother's place, Tear-nan-Ogre, my little grey home in the west, in or about Mayo when the long dog gave tongue and they coursing the marches and they straining at the leash.

確かにわたしは四日めにはいつもあちら「若者の国」の祖母の家、西部のメイヨーのわたしの小さい灰色の家に行ったものだ。胴体の長い犬が吠え、彼らは行進しながら革ひもを引っ張っていた。（*FW* 478.36-479.4）

ここでジョニーはフォックルートの森があったメイヨーにも言及している。このあとヨーンは、“Dood and I dood. The wolves of Fochlut! By Whydoyoucallme? Do not flingamejig to the twolves!”「知っています。フォークルートの狼賊だ！　どうしてぼくを呼ぶんです。ぼくを狼十二匹のところに投げないでくれ！」（*FW* 479.13-14）と述べている。

ヨーンの台詞は、アイルランド国民党党首のチャールズ・スチュワート・パーネル（Charles Stewart Parnell、一八四六年－一八九一年）が述べたとされる「ぼくを狼のところに投げないでもらいたい」（“Do not throw me to wolves.”）をもとにしたものだと考えられている。パーネルのこの台詞について、ジョイスは「パーネルの影」（“The Shade of Parnell”）と題した評論の結末で次のように触れている。

> 人民たちへの最後の誇らかな呼び掛けのなかで、彼は同国の仲間たちに懇願した。どうか、周りで吠え立てているイングランドの狼たちの間に、自分を投げ込まないでもらいたい、と。この絶望的な訴えをきちんと聞き入れたことは、この同国の仲間たちの名誉に寄与するであろう。彼らはイングランドの狼の群れに彼を投げ込むことはなかった。自分たちで八つ裂きにしたのである。(1)（228）

グラシーンは、「アイルランドのモーゼとして、パーネルは、アイルランド人のためにひどい目に遭うが再度アイルランドにやってきた聖パトリックに強く結びつけられている」(223)と指摘している。

パーネルはオシー(O'Shea)大尉夫人のキャサリン・オシー(Katharine O'Shea)と不倫の関係にあった。二人が連絡をとるために作ったパーネルのコードネームが"Mr. Fox"であり、オシー夫人のが"Kitty"であったことはよく知られている。『ウェイク』では、このあとの四八〇ページ一九行めから三三行めにかけて、中世フランスの『狐物語』(*Roman de Renart*)への言及が目立っており、キツネに騙されたさまざまな動物が登場する。キツネとこれら動物たちとの関わりもパーネルとその周囲の人物との関係を暗示しているのかもしれない。たとえば『狐物語』におけるキツネとオオカミとの対決はパーネルとイギリスとの対決そのものである。またマックヒューは、"Scents and gouspils!"「臭跡と狼」(*FW* 480.33)という箇所について、"saints & gospels"と読めること、および"goupil"が古いフランス語で"fox"の意味であることを指摘している(480)。

この指摘をふまえると、ここは"saints and fox"「聖者とキツネ」と読むことができ、このように読んだ場合、この箇所は、『若き日の芸術家の肖像』(以下『肖像』と略す)の第一章で描かれているクリスマスディナーにおけるカトリックの神父とパーネルに関する議論にもつながるように思われる。とくに、そのときにケイシー氏（Mr Casey）が語るアークロウでのおばあさんが口にしたパーネルに対する野次の台詞「神父さまいじめ！　パリ資金！　フォックス氏！　キティ・オシー！」（P 1. 1027-28）を思い起こさせる。「ぼくを狼のところに投げないでもらいたい」という台詞による聖パトリックとパーネルとの結びつきは、古代アイルランドをジョイスが幼少の頃のアイルランドに結びつけ、『肖像』のテクストを介することで十九世紀末から二十世紀初頭に見られたカトリック信仰の形骸化(2)を再認識させることへとつなげているのである。『ウェイク』の第三部第三章冒頭と『肖像』のテクストの相互関連については、本章後半でもう一度詳しく見ることになる。

このあと『ウェイク』のテクストでは、パトリックが最初に囚われの身となって奴隷の生活をしていたアイルランドから脱出するときのエピソードに関する言及が二つ続く。一つめは大型犬アイリッシュ・ウルフハウンド（Irish Wolfhound）についてのエピソードである。聖パトリックは、少年期の名前をパトリキウス（Patricius）と言い、ブリタニアからアイルランドに連れて来られ、奴隷として北東部のアントリムの丘で羊飼いをしていた。奴隷生活の六年めに逃亡し、ダブリンよりも南のウェックスフォード近くでアイリッシュ・ウルフハウンドを大陸に運ぶ船に乗り込んで、アイルランドを去ることに成功する（カヒル、一四二－四六）。このエピソードは、『ウェイク』のヨーンの台詞“Call Wolfhound! Wolf of the sea. Folchu! Folchu!”「狼狩りの猟犬を呼んでください！ 海の狼だ。狼だ！ 狼だ！」（*FW* 480.4-5）に反映されている。このなかの“Wolfhound”とはアイリッシュ・ウルフハウンドのことである。この犬はオオカミより速く走り、また唯一オオカミを倒すことができたと言われている。そのため、家畜を守るために用いられ、ローマ帝国時代に珍重され貢物にもされていた。

二つめは、この船の船乗りたちがパトリキウスとの信頼関係の証として裸の胸の乳首を彼に吸わせようとしたというエピソードである。これはアイルランドでは古くから行なわれていた風習である。このエピソードは、ヨーンの台詞のなかの

> —Magnus Spadebeard, korsets krosser, welsher perfyddye. A destroyer in our port. Signed to me with his baling scoop. Laid bare his breastpaps to give suck, to suckle me. Ecce Hagios Chrisman!

——大鍬型髭男、コルセットをつけた十字屋、借金踏み倒しの二心ウェールズ人。われらが港の破壊者。汲み出しスコップでわたしに合図をしたんです。乳首をむき出しにして吸わせ、わたしに授乳したのです。見よ聖なる香油を！（*FW* 480.12-15）

に見ることができる。

パトリックのプライベートな心の叫びも二回現われている。一つは怒りの叫びである。フィリップ・フリーマン（Philip Freeman）は、『アイルランドの聖パトリック――伝記』（*St. Patrick of Ireland: A Biography*）で次のエピソードを紹介している。

パトリックの死後およそ二百年後、七世紀アイルランドの伝記作家で聖職者ミュアチュ（Muirchú）はパトリックにさかのぼるかもしれない言い回しを記録している。その話とは、ある日曜日にパトリックが休息を取ろうとすると、一団の騒々しい異教徒たちに邪魔された。彼は異教徒たちに静かにするよう命じたが、彼らは笑っただけだった。パトリックは怒り「ムデブロス！」（*Mudebroth!*）と出し抜けに言った。この語はラテン語やアイルランド語ではまったく意味をなさないが、ブリテン島の古い言い回しで「神の裁きで！」のようなことを意味していたのであろう。誰かの母語を見出だすもっとも確かな方法は、その人物がほんとうに怒っているときのことばに耳を傾けることなのだ。(10-11)

このようにパトリックは、騒々しい異教徒たちに休息を妨げられたときに、「ムデブロス!」と叫んで諌めたと言われているが、そのときの叫び声が、『ウェイク』のテクストでは "White eyeluscious and *muddyhorsebroth!* Pig Pursyriley!"「何と白目ったまげのお泥おどろき薩馬汁! 豚ったまげでの鋏虫りとは!」(*FW* 482.5, 強調は筆者) というおそらくはヨーンの台詞のなかに現われている。

三つめは、パトリックが長く抱えている苦悩である。パトリックは、彼が書いた『告白』のなかで、助祭の叙階を受けることになる前の晩に友人に過去に犯した罪について告白したという。それは彼が十五歳のときに犯したもので、長く彼の心のなかにうずいていたものであった(カヒル、一五〇、一六〇)。マックヒューの注釈は、このことと『ウェイク』のテクストの "my leperd brethern, the Puer, ens innocens of but fifteen primes."「おれの忌としい兄弟、ぼん公、ほんの十五の初禱課の無垢のものだった」(*FW* 483.20-21) との関連を指摘している (483)。

以上が、第三部第三章冒頭で見られるパトリックに関する具体的な言及である。『ウェイク』

の他の箇所におけるパトリックについての言及と比べると、ここでは歴史年表に記載されるようなアイルランド社会にパトリックが及ぼした影響よりも、むしろパトリックの個人的な体験や内面に抱えた思いに終始していることが特徴となっている。

このようなパトリックの個人的な体験の記述は、『肖像』に描かれているスティーヴンの体験の描写と共通することが多い。たとえば、パトリックは、ブリタニアに戻ったときに夢のなかで「アイルランドに戻って来てもらいたい」との声を聞いて、南フランスの修道院での修行ののちに司教となってアイルランドで布教を行なう。これは次に掲げる、スティーヴンがダブリンのノース・ブル島の浜辺で世界の彼方からの声を聞いて芸術家になる決意を固める場面を想起させる。

心くじけて、彼は目を上げてゆっくりと漂う雲のほうを見た。斑色で海から生まれた雲だ。雲は空の砂漠を横切って旅をする。遊牧民の群れのようにアイルランドの空高く、西に向けて行進する。雲の故郷であるヨーロッパはアイルランド海の向こうに拡がっている。聞き慣れない言語、渓谷があり森に囲まれ城砦があり、また塹壕で囲んで軍隊を配備した民族からなるヨーロッパだ。彼は心のなかで混乱した音楽を聞いた。それらの記憶や名前は意識にのぼりかけてはいるものの一瞬たりとも捉えることはできなかった。すると音楽は遠のき、遠のき、遠のくように思われた。星雲の音楽が遠のき、たなびいてゆくたびに、長く尾を引く呼び声が聞こえてくる。静寂の薄暮を星が貫くかのように。もう一度！　もう一度！　もう一度！　もう一度！　世界の彼方から一つの声が呼びかけていた。

—おーい、ステパノス！

—ダイダロスのおでまし！（*P* 4. 720-35、強調は筆者）

その後スティーヴンは、芸術家の修業のためにパリに向かう。ただし出発前の四月三日に書いた日記に友人に述べたことを「タラへ行く一番の近道はホリヘッド経由だ」（*P* 5.2702-03）と記していることは見逃せない。タラへ戻るという決意はパリでの修業のあと、アイルランドに戻るという決意であるが、あえてタラと述べているところにスティーヴンの聖パトリックに対する意識が読みとれるのではないだろうか。

聖パトリックはタラでドルイド僧たちとの対決を経たのち、アイルランドでのキリスト教の布教をはじめ、これによって「魔法の支配していたアイルランドから、大きな恐怖心をとりのぞいた」（カヒル[3]、三三九）のであった。パトリックがキリスト教という文明の光をもたらしたのに対し、スティーヴンによって描かれているジョイス自身は何を行なったのだろうか。それは、カトリックによる精神の空しい支配がはびこったアイルランドにモダニズムの光をもたらしたことではなかったのだろうか。

スティーヴンはさらに、四月十四日付の日記に「アイルランド語を話す老人とぼくは格闘しなければならない」と記しているが、これはパトリックが対決したドルイド僧のことを想起させる。原聖はこの対決について、

異教の聖地タラでは、すでに述べたウイ・ネール家のリーレ王[4]、さらには「智者で魔術に長けたドルイドたち」と対決する。パトリックがドルイドを打ち負かし、異教に対するキリスト教の勝利が宣言される。こうしてリーレ王はパトリックの布教を認めるのである。（二〇六）

と解説している。一方『肖像』におけるスティーヴンの日記には次の記述がある。

四月十四日　ジョン・アルフォンサス・マルレナンがアイルランド西部から帰ってきた

（ヨーロッパやアジアの新聞も転載可）。彼は山小屋である老人に会ったと言う。老人は赤い目をしていて、短いパイプをくわえていた。老人はアイルランド語を話した。マルレナンもアイルランド語を話した。そして老人とマルレナンは英語を話した。マルレナンは彼に宇宙や星について話した。老人は腰かけて耳を傾け、パイプをふかし、つばを吐いた。そして言った。

——ああ、世界の向こうの果てにはとても奇妙な生き物がいるに違いない。

ぼくはこの老人が怖い。ぼくは彼のふちが赤い濁った目が怖い。ぼくが今夜じゅう朝が来るまで格闘しなければならない相手は彼なのだ。奴かぼくが息絶えて倒れるまで。筋張った彼の喉をつかまえて……どうなるまで？　奴がぼくに屈服するまで？　いやぼくには傷つけるつもりはない。（P5. 2745-57）

スティーヴンとパトリックのイメージはこの対決でも重なるように思われる。

パトリックは、十五歳のとき犯した罪の意識に苛まれ友人に告白したというが、これもスティーヴンが十四歳のときの娼婦との交渉について罪の意識に苦しみ、神父に告解することによって救われたことを思い起こさせる。さらに、前述のようにヨーンは「ああ？」（Y?）と声を発し、イシーを求めているが、イシーという名前は、スティーヴンが熱を上げる相手の女性E―C―を連想させる。

以上のことから、ヨーンに重ねられたパトリックの描写には、スティーヴン、あるいはジョイス自身の姿が投影されていると考えることができるのではないだろうか。

「ママルージョ」とヨーンの歴史をめぐる対決

『ウェイク』の第三部第三章冒頭では、歴史をどう捉えるかということも問題になっている。このことを考えるにあたり、まず聖パトリックのアイルランドでの改宗に関するカヒルの解説に注目したい。

パトリックは、これから改宗しようとする人たちに、現世の利益をわけあたえることはできなかった。そのため彼は、自分の伝道を、彼らのもっとも切実な心配事へ結びつける方法を見つけださなくてはならなかった。それは、キリスト教がまだ流入したばかりの頃、女や奴隷たちが、自分たちの地位の向上と人間としての威厳をもとめて、新しい宗教にむらがり寄ったその時代以来、だれひとりとしてまともにたち向かうことのなかった挑戦だった。パトリックは、聖書とアイルランド人の生活とのあいだの橋わたしをしたわけだが、このおどろくべき関連性を再発見するためには、アイルランド人の歴史のなかでも、唯一のかなめともいうべきこの時代に、アイルランド人がどんな意識をもって生きていたのか、われわれはそれを徹底的に調べてみる必要がある。(一七六―七八)

カヒルは、さらに次のように続けている。

彼らの意識を知ることも重要だが、おそらくさらに重要なのは、彼らの潜在意識だろう。というのも、人々が見る夢のなかには、もし、われわれがそれを正しく読みとることができるなら、彼らのもっとも深い部分でうごめいている恐怖や、もっとも高揚したかたちであらわれる憧れを見てとれるからである。われわれは、アイルランド人の夢のいくばくかをすでに知っている。『トイン』のような、前キリスト教時代の口承物語(これは、すぐあとで文字に写されるわけだが)や、考古学者によって発掘された工芸品などから、彼らの神話をつなぎ合わせてまとめあげることができるからだ。神話こそ蓄積された夢の物語であ

る。（一七八）

第三部第三章冒頭でヨーンは“the mountainy molehill”「山のようなモグラ塚」（*FW* 474.22）として登場する。テクストではこの塚は“knoll Asnoch”「アスノック小山」（*FW* 476.6）と言いかえられ、パトリックが訪れたとされる丘である「ウシュネフの丘」（Hill of Uisneach）が暗示されている（McHugh, 476）。さらにヨーンは、自分のことを「先史時代の古墳」を意味する“prehistoric barrow”（*FW* 477.36）と述べている。「ママルージョ」の四人が歴史家としてヨーンへの尋問によって何を知ろうとしたのかということは、本章で取り上げるテクストの範囲では明確ではない。ただし、古墳からの出土品をとおして、われわれが知りたいことは、カヒルのことばを用いると、古代のアイルランド人の抱いていた意識であり、さらには神話にまとめあげられた彼らの潜在意識なのではないだろうか。

すでに述べたように四人の歴史家たちは、“starchamber inquiry”（*FW* 475.18-19）「星室庁尋問」によってヨーンを徹底的に調べようとする。さらに“the boguqueesthers”「沼地の検察官」（*FW* 476.36）として、あるいは“a crack quatyouare of stenoggers”「一流速記タイプライター」（*FW* 476.13-14）となって記録しようとするのである。

四人の歴史家は『四導師年代記』の著者としてヨーンから記録に値する歴史上の知識を得ようとする。彼らは尋問を行なう前に漁師となって、「知識の鮭」を得るための漁をするための網をヨーンの上にどのように張るかを考える。

> And as they were spreading abroad on their octopuds their drifter nets, the chronous gleamy seiners' nets and, no lie, there was word of assonance being softspoken among those quartermasters.
>
> そのようにして彼らが八つの足の上に流し網を、彩り豊かな光る引き網の漁師網を広げていたとき、まことに、この四人の導師の間で類音語が静かに発せられた。（*FW* 477.11-13）

結局、四人の歴史家は求めている知識をこの「網」（"net"）用いて獲得することに失敗する。『肖像』でスティーヴン・ディーダラスは、「君はぼくに国民国家とか言語とか宗教について話してくれるね。ぼくはこれらの網をすり抜けて飛び立つのさ」（*P* 5.1049-50）と述べて、国民国家、言語、宗教という「網」を抜けて飛翔すると宣言したが、歴史家たちがヨーンから何とか獲得したいと考えたものも「網」をすり抜けてしまうことになる。

歴史の時間を把握するための「網」となるものが記年法である。記年法の例として、君主の即位と結びついた元号やイエス・キリストの誕生と結びついた西暦（キリスト紀元）などを挙げることができ、これらからわかるように、記年法は国家や宗教と緊密に結びついている。

西暦はキリストの誕生年を元年として年を数えるもので、ローマで五五〇年ごろに亡くなった神学者・年代学者ディオニシウス・エクシグウス（Dionysius Exiguus）が考案したものである（佐藤、三七）。この記年法は、実はなかなか広まらずヨーロッパの一部の国で用いられるのは十世紀になってからであり（『世界大百科事典』、「記年法」）、当然、聖パトリックの時代にはまったく用いられていなかった。にもかかわらず、『ウェイク』の第三部第三章のこの冒頭部分では西暦について強いこだわりを読みとることができる。次の引用中の「ママルージョ」四人のそばにある“his cubical crib”は、「立方体の飼葉桶」の意味であり、これによって四人の歴史家がヨーンに会う場面は、“magi”である東方の三博士がイエス・キリストの降誕を訪問する場面に喩えられている。

. . . a mamalujo by his cubical crib, as question time drew nighing and the map of the souls' groupography rose in relief within their quarterings . . . .

……彼の立方体桶寝床そばでまんママルヨげなものにかがみこみ、そうするうちに尋問時が近づいてきて、魂の集団地誌の地図が彼ら四分内部で浮き彫りに立ち現われ……（*FW* 476.32-34、省略は筆者）

記年法に関わるものについての言及は、他の箇所にも見つけることができる。この部分の最後のほうで、パトリックの名前は、"Lowman Catlick's patrician"「ロウマン・キャットリックのパトリッシャン」（*FW* 485.1）のように変形されて出されているが、パトリックが生きた時代にかろうじてまだ勢力を保っていたローマ帝国や彼が関わったローマ・カトリック教会に関する言及もこの箇所に散見される。そして、パトリックとほぼ同時代を生きた西方キリスト教会の教父アウグスティヌス（Aurelius Augustinus、三五四年－四三〇年）が著した『神の国』（*De Civitate Dei*）を思わせる"Chivitats Ei"が次のヨーンの台詞に現われている。

—Ouer Tad, Hellig Babbau, whom certayn orbits assertant re humeplace of Chivitats Ei, Smithwick, Rhonnda, Kaledon, Salem（Mass）, Childers, Argos and Duthless.

——われらがおとと、聖鬼様、いくつかめぐりが餌市飼育の随一卵の産地について確言動中さ、スミスウィック、ロンダ、ケイルドン、セイラム(マサ)、チルダーズ、アルゴーズ、ドゥースレス。(*FW* 481.20-22)

『神の国』は、宇宙の誕生、人類の創造と堕落、人類の歴史、最後の審判と神の国の実現を論じたもので、のちのキリスト教的に歴史観に大きな影響を与えたものである(『世界大百科事典』、「神の国」)。そして、世界共通の記年法の制定のもとになる普遍史形成のさきがけとなったものである(岡崎、四二)。これらと関連して、終末論(eschatology)も次のマットの台詞のなかに現われている。

That's the point of eschatology our book of kills reaches for now in soandso many counterpoint words.

そこがわれらのキルズの書が到達する終末論の論点であり今のところあれこれたくさんの対位法のことばのなかにある。(*FW* 482.33-34)

年代記作者の「ママルージョ」とヨーンの対立は、次の引用に明らかであろう。ここでマットは、直線状のキリスト教的歴史観に基づいた概念である最後の審判日や西暦紀元、紀元前と読める語を用いて、ヨーンに尋問を行なっている。これに対してヨーンは、夢と循環的時間である曜日に言及して応酬している。


—A cataleptic mithyphallic! Was this *Totem Fulcrum Est* Ancestor yu hald in *Dies Eirae* where no spider webbeth or *Anno Mundi* ere bawds plied in Skiffstrait? Be fair, Chris!

—Dream. Ona nonday I sleep. I dreamt of a somday. Of a wonday I shall wake.

—常同症の神話的男根崇拝！ 君のこの寝台柱的な美の先祖は巣を張る蜘蛛もいない最後の審判日に生きていたのか、それとも娼婦がスキッフ・ストリートで客待ちする前の世界紀元に生きていたのか？ 紀元前だ！

—夢なのです。月無曜日にぼくは眠ります。いつかの土曜日、夢を見ました。水驚日にはは目覚めるでしょう。（*FW* 481.4-8）

マックヒューの注釈（481）を参考にすると、この箇所の“*Dies Eirae*”には、最後の審判日を表わす“Dies Irae”とアイルランドを示す“Eire”が重ねられており、“*Anno Mundi*”からは“anno Domini”（西暦紀元）を、“Be fair, Chris!”からは“before Christ”（紀元前）をそれぞれ読みとれることがわかる。

聖パトリックからジョイスへ

『ウェイク』第三部第三章において、ヨーンに対する尋問はマットによる“Name yur historical grouns.”「君の歴史的な基盤を話してくれ」（*FW* 477.35）という問いかけにはじまり、ヨーンはこれに対して、“This same prehistoric barrow ‘tis, the orangery.”「この同じ前史時代の塚、オレンジ畠に」（*FW* 477.36）と答えていた。狭い意味での歴史学が文字として書き残された記録という意味の歴史を取り扱うのに対し、先史学（prehistory）は文字の出現以前の時代を取り扱っているため、お互いのやりとりがかみあわないまま続くのも当然と言えば当然なのかもしれない。では、本章で検討してきた彼らの頓珍漢な問答にどのような意義があるのだろうか。

エプスタインは、『ウェイク』の第三巻第三章について、「この章では、われわれ読者に、宇宙の創造から都市の創造に至る歴史全体をとおした旅が与えられている」(190)と述べている。われわれは第三巻第三章冒頭における歴史に関する二つのテーマ、すなわち聖パトリックの描写と記年法について考えてきたが、これら二つはアイルランド人の精神に世界観と歴史観に関する大いなる革新をもたらしたのである。

まず、パトリックはキリスト教の伝道により、ドルイド僧が支配していたアイルランド人の不安と恐怖に満ちた世界観を安心に満ちたものに変えていった。これについてカヒルは次のように説明している。

パトリックの魔法とドルイド僧の魔法のちがいは、パトリックの世界では、生きものや出来事が、すべて、よき神の御手から生じていることだ。神は人間を愛し、人間がなしとげることをいつも願っている。この成功は最終的なものなのだが、だからといって、苦しみはとりのぞかれない。しかし、自然のすべてが、すなわち、神が創造した宇宙の全体が、人間に教えをたれ、援助し、救いながら、人間の善に協力してくれる。(二八五)

カヒルによると、「パトリックは、聖書とアイルランド人の生活とのあいだの橋わたしをしたわけだ」(二七八)。その結果、人々の心を恐怖と魔法が支配していたドルイド時代のケルト的アイルランドがキリスト教に結びつけられ、多種多様な渦巻文様や組紐文様、奇怪な姿の動物たちに飾られた『ケルズの書』が生まれた。『ケルズの書』は、彼らが抱いていた世界の基本的なイメージを表わすものであろう。

『ケルズの書』の「トゥンク」ページ, 9世紀頃, トリニティ・カレッジ図書館

その後、早くても十世紀以降に、アイルランドにも西暦が導入され、普遍的な目盛に基づいて歴史記録がなされていく。同時に西暦とキリスト教的歴史観との重なりが人々の心を支配するようになる。『ユリシーズ』第二挿話におけるスティーヴンの「歴史というものは悪夢であり、ぼくはそれから目覚めようとしているのです」（*U* 2.377）という台詞は、直線的・目的論的なキリスト教的歴史観に対する問題提起であると同時に、西暦という記年法とキリスト教に支配された歴史観が「現実」をつくり上げてきたことを前景化する。

　聖パトリックの名前が、『ウェイク』全体で最初に登場するのは、第一巻第一章の冒頭の“thuartpeatrick”「汝ペトリック」（*FW* 1.10）という造語においてである。“thou art peatrick”と読めるこの造語でジョイスは、聖パトリックの名前を聖ペトロ (St.Peter) の名前を結びつけて“peatrick”「ペトリック」としている。聖ペトロは、イエス・キリストの最初の弟子で、イエスが彼に、「わたしも言っておく。あなたはペトロ。わたしはこの岩の上にわたしの教会を建てる。陰府《よみ》の力もこれに対抗できない」（“And I say also unto thee, That thou art Peter, and upon this rock I will build my church; and the gates of hell shall not prevail against it.”）（Matthew 16:18）と述べ、教会が不動であることを説いたことはよく知られている。『ユリシーズ』第九挿話でスティーヴンはマタイ伝のこの箇所をもじって、教会が岩の上ではなく空虚《ヴォイド》の上に築かれたものであると述べていた（*U* 9.840-42）ことは、

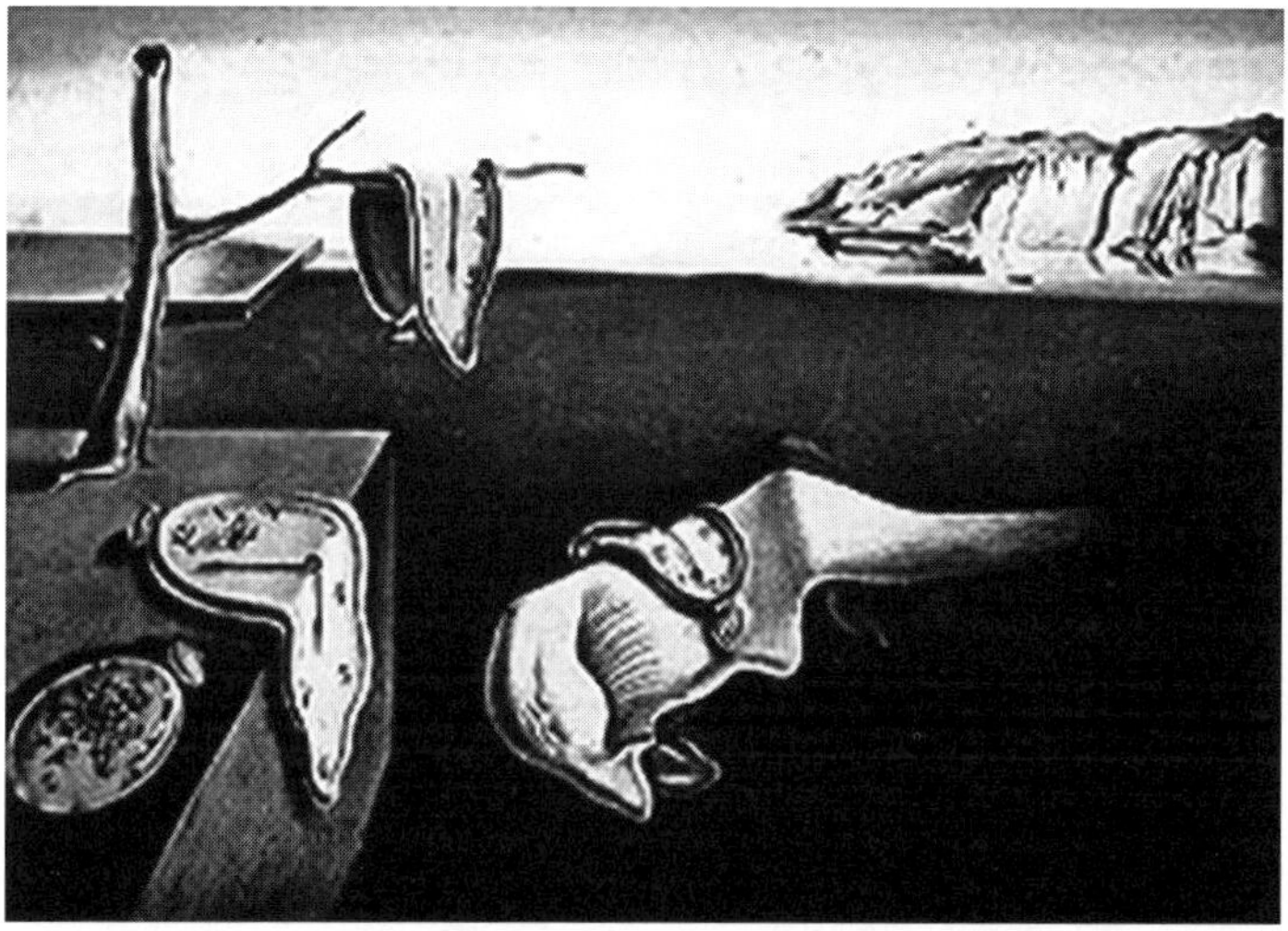

サルバドール・ダリ《記憶の持続性》，1931 年，ニューヨーク近代美術館

すでに何度も述べたとおりである。

聖パトリックは、ドルイド時代の古代アイルランドをキリスト教の光で照らすことで民衆に大いなる安心をもたらした。しかしそれから千五百年近くが経ったあと十九世紀末から二十世紀初頭にかけてアイルランドのカトリシズムの形骸化が進んでいく。こうしたなかで、ジョイスはモダニズムという新しい文化の動きをアイルランドにもたらすのである。六月十六日は、ジョイスの『ユリシーズ』の舞台となった日で、主人公の名前にちなんで「ブルームズデイ」として、三月十七日の「セントパトリックスデイ」（聖パトリックの日）と同様、毎年ダブリンで盛大に祝われている。

ジョイスは、アイルランド人が抱いてきた世界観や歴史観が、夢と現実が表裏一体となっているなかで形成されていたことを、「ママルージョ」こと四人の老歴史家によるヨーンに対する尋問の場面をとおして明らかにする。歴史や時間を夢のなかで捉えるという『ウェイク』でわれわれが読んできた箇所のイメージは、奇しくも一九三一年にサルバドール・ダリ（Salvador Dali）がパリのピエール・コル画廊ではじめて展示した《記憶の持続性》（*The Persistence of Memory*）と一致しているように思われる。

註

（1）引用文には吉川信による翻訳を用いた。

（2）『肖像』で描かれているクリスマスディナーでの議論の場面で問題となるのは、パーネルの政治的生命が彼の不倫問題をきっかけに危うくなると、カトリックの神父たちが彼を激しく非難するようになったことについてである。パーネル支持者のサイモン・ディーダラスは神父たちの態度の変化について、「ちくしょうどもめ！……パーネルが落ち目になると寝返って、奴らはどぶねずみがするように彼を引き裂いた」(*P* I. 943-44) と述べている。ここでの激しい議論の最後で、ケイシー氏は「アイルランドに神様などいらない！」(*P* I. 1130) と叫んでいる。

（3）この引用部分は、カヒルの『聖者と学僧の島』の訳者である森夏樹が記した「あとがき」にある。ここで森はリチャード・バーンスタインによる「ニューヨーク・タイムズ」紙（一九九五年四月五日）の書評を引用、紹介している。この引用部分はこの書評からのものである。

（4）ここでの「リーレ王」は、コッパーが「リアリー（Leary）王」と記述している王と同一だと思われる。

あとがき

ジョイスの読者の多くは、「拡がり」ということばから、『若き日の芸術家の肖像』の次の箇所を連想するのではないだろうか。幼少のスティーヴンが、地理の教科書の見返しに書きつけていた世界の拡がりのイメージを読み直す場面である。ここで幼い主人公は、自分の周囲から宇宙へと世界が拡がっていくことに思いを馳せている。

スティーヴン・ディーダラス
　初等クラス
クロンゴウズ・ウッド・コレッジ
　サリンズ
キルデア州
アイルランド
ヨーロッパ
　世界
宇宙

(*P* 1.300-08)

彼は、さらに、宇宙の次には何があるか考え、何もないと自分で答えている。そのあと、彼の心は神様についての思いに向かう。

本書では、ジョイスの作品のうち、『若き日の芸術家の肖像』、『ユリシーズ』、『フィネガンズ・ウェイク』を取り上げた。どの作品においても、地理的な拡がり、歴史的な拡がりなど、多種多様な「拡がり」が含まれている。地理的な拡がりを例にとると、ジョイスのテクストは、アイルランドを中心としながら、西は大西洋を越えて南北アメリカへと拡がり、東はアジアの果ての日本にまで及んでいる。こうした大きな「拡がり」をもつジョイスのテクストは、先行する膨大な数のテクストと重なりあうことによって、壮大で複雑な重層的テクストとして読者の目の前に現われている。一人ひとりの読者は、この豊かなテクストを、自らの文学作品の読みや芸術作品の鑑賞という体験、あるいは、絶えることなく書き直されていく歴史と絡みあわすことによって、新たな読みの世界を創り出す。ジョイスを読み、研究する目的の一つは、こうして創られた新しい読みの成果を記述、説明することにあるように思われる。

本書に収録した論考のもとになったものは、一九九二年に発表した論文にはじまっている。

そのため、本書が出来上がるまでに、実にたくさんの方々のお世話になった。ここに心からの感謝を申し上げたい。とりわけ、同志社大学名誉教授の岩山太次郎先生には、大学院で『ユリシーズ』を中心にジョイスに関する懇切丁寧なご指導を賜わった。日本ジェイムズ・ジョイス協会会長の結城英雄先生には、お目にかかるたびに研究についてのアドバイスと励ましをいただいた。京都の『ユリシーズ』読書会では、もう三十年以上もテクストを楽しく細かく読んでいる。この読書会での精読がなければ、本書の第二章、第三章は、書けなかったであろう。『フィネガンズ・ウェイク』を論じた三つの章は、日本ジェイムズ・ジョイス協会で行なったシンポジウムでの発表原稿が母体となっている。シンポジウムを共に行なった方々には発表原稿作成の過程でたいへんお世話になったことも感謝とともに記しておきたい。最後になったが、本書の出版をお引き受けいただいた春風社の方々、とりわけ石橋幸子氏、岡田幸一氏、そして三浦衛社長には、ひとかたならぬお世話になった。ここに厚く御礼を申し上げたい。

本書の刊行を実現できたのは、金城学院大学特別研究助成費のおかげである。心からの感謝とともに記しておく。

二〇一九年二月二日

田村　章

初出一覧

序章　書き下ろし

第一部

第一章「ジェイムズ・ジョイスの『衣装哲学』――『ユリシーズ』第10挿話について」『金城学院大学論集』(人文科学編)(金城学院大学論集委員会)第6巻第2号、二〇一〇年三月、九―二一頁。

第二章「パノプティコンのような語りの空間――*Ulysses* 第12挿話について」『比較文化研究』(日本比較文化学会)第20号、一九九二年三月、一六―二七頁。

第三章「『ユリシーズ』第14挿話の「牡牛」の文脈について」『Joycean Japan』(日本ジェイムズ・ジョイス協会)第5号、一九九四年六月、八四―九五頁。

第二部

第四章「ジェイムズ・ジョイスと視覚芸術に関する研究序論――『ユリシーズ』を中心に」『金城学院大学論集』(人文科学編)(金城学院大学論集委員会)第7巻第2号、二〇一一年三月、五二―六六頁。

第五章「ジョージ・ムアからジェイムズ・ジョイスへ――視覚芸術との関わりを中心に」『金城学院大学論集』

（人文科学編）（金城学院大学論集委員会）第9巻第2号、二〇一三年三月、七一―八三頁。

第三部

第六章「Buckley と Russian general――戦争と革命の文脈」『Joycean Japan』（日本ジェイムズ・ジョイス協会）第12号、二〇〇一年六月、七一―八〇頁。

第七章「〝Mamalujo〟と歴史」『Joycean Japan』（日本ジェイムズ・ジョイス協会）第8号、一九九七年六月、四〇―五二頁。

第八章「『フィネガンズ・ウェイク』第Ⅲ部第3章冒頭における聖パトリックの描写について」『金城学院大学論集』（人文科学編）（金城学院大学論集委員会）第10巻第2号、二〇一四年三月、七八―九一頁。

引用・参考文献一覧

ジョイスの著作

Joyce, James. *The Critical Writings of James Joyce*. Edited by Ellsworth Mason and Richard Ellmann. Cornell UP, 1989. 本書からの引用箇所は、（　）内に略号 *CW* ページ番号の順で示した。

——. *Finnegans Wake*. Faber, 1975. 本書からの引用箇所は、（　）内に略号 *FW* ページ番号、行番号の順で示した。引用は、原則として、原文、訳文の順に示した。訳文の大半に宮田恭子編訳（集英社、二〇〇四年）、一部に柳瀬尚紀訳（河出書房新社、一九九一－九三年）を用いた。ただし訳文を変更した箇所もある。

——. *Letters of James Joyce*, I. Edited by Stuart Gilbert. Viking, 1966. 本書からの引用箇所は、（　）内に略号 *LI*、ページ番号の順で示した。

——. *Letters of James Joyce*, II. Edited by Richard Ellmann. Viking, 1966.

——. *Letters of James Joyce*, III. Edited by Richard Ellmann. Viking, 1966.

——. *A Portrait of the Artist as a Young Man: Authoritative Text, Backgrounds and Contexts, Criticism*. Edited by John Paul Riquelme. Norton, 2007. 本書からの引用箇所は、（　）内に略号 *P* 章の番号、各章ごとの行番号の順で示した。引用の訳文の作成にあたっては、大澤正佳訳（岩波文庫、二〇〇七年）、丸谷才一訳（集英社、二〇〇九）を参考にした。

——. *Selected Letters of James Joyce*. Edited by Richard Ellmann. Viking, 1975. 本書からの引用箇所は、（　）内に略号 *SL*、ページ番号の順で示した。

——. *Ulysses*. New York, Random House, 1986. 本書からの引用箇所は、（　）内に略号 *U* 挿話の番号、各章

ごとの行番号の順で示した。引用の訳文の作成にあたっては、丸谷才一、永川玲二、高松雄一訳（集英社、一九九六－九七年）を参考にした。引用は原則として訳文を示したが、英語自体を示す必要がある場合には原文も示した。

欧文文献

Arnold, Bruce. *Mainie Jellett and the Modern Movement in Ireland*. Yale UP, 1991.

Atherton, James S. *The Books at the Wake: A Study of Literary Allusions in James Joyce's* Finnegans Wake. Southern Illinois UP, 1959.

Beebe, Maurice. "The *Portrait* as Portrait: Joyce and Impressionism." *Irish Renaissance Annual*. I, edited by Zack Bowen. Associated UP, 1980. pp.13-31.

Begnal, Michael H. and Fritz Senn, editors. *A Conceptual Guide to* Finnegans Wake. Pennsylvania State UP, 1974.

Begnal, Michael H. *Dreamscheme: Narrative and Voice in* Finnegans Wake. Syracuse UP, 1988.

Bennett, Linda."George Moore and James Joyce: Story-teller Versus Stylist." *Studies: An Irish Quarterly Review*, vol. 66, no. 264, Winter, 1977, pp. 275-291.

Blamires, Harry. *The New Bloomsday Book: A Guide Through Ulysses*. 3rd. ed., Routledge, 1996.

Boldereff, Frances M. *Reading* Finnegans Wake. Classic Nonfiction Library, 1959.

Brontë, Charlotte. *Jane Eyre*. 3rd.ed., Norton Critical Edition, Norton, 2001.

Budgen, Frank. *James Joyce and the Making of* 'Ulysses' *and Other Writings*. Oxford UP, 1972.

Burgess, Anthony. *Re Joyce*. Norton,1968.

Bury, John B. *Life of St. Patrick and His Place in History*. Cosimo, 2008.

Campbell, Joseph, and Henry Morton Robinson. *A Skelton Key to* Finnegans Wake. Viking, 1944.

Carlyle, Alexander, editor. *The Love Letters of Thomas Carlyle and Jane Welsh*. Vol.2, AMS, 1976.

Carlyle, Thomas. "On History." *A Carlyle Reader: Selections from the Writings of Thomas Carlyle*, edited by G. B. Tennyson. Cambridge UP, 1984, pp. 55-66.

Carlyle, Thomas. *Sartor Resartus*. Oxford World's Classics, Oxford UP, 1987.

Cope, Jackson I. *Joyce's Cities: Archaeologies of the Soul*. Johns Hopkins UP, 1981.

Cornwell, Neil. *James Joyce and the Russians*. Macmillan, 1992.

Costello, Peter. *James Joyce: The Years of Growth 1882-1915*. Kyle Cathie, 1992.

Crookshank, Anne, and the Knight of Glin. *Ireland's Painters 1600-1940*. Yale UP, 2002.

Cumming, Mark, editor. *The Carlyle Encyclopedia*. Fairleigh Dickinson UP, 2004.

Davison, Neil R. "Joyce, Jewish Identity, and the Paris Bourse." *Images of Joyce*. Volume I, edited by Clive Hart, C. George Sandulescu, Bonnie K. Scott and Fritz Senn. Colin Smythe, 1998, pp. 23-46.

De Courcy, J. W. *The Liffey in Dublin*. Gill & Macmillan, 1996.

Ellmann, Richard. *James Joyce*. Revised ed., Oxford UP, 1982.

Epstein, Edmund Lloyd. *A Guide through* Finnegans Wake. UP of Florida, 2009.

Fargnoli, A. Nicholas and Michael P. Gillespie. *James Joyce A to Z: The Essential Reference to the Life and Work*. Facts on File, 1995.

Foster, R.F., editor. *The Oxford Illustrated History of Ireland*. Oxford UP, 1989.

Foucault, Michel. *Discipline and Punish: The Birth of the Prison*. Translated by Alan Sheridan, Vintage Books, 1979.

Freeman, Philip. *St. Patrick of Ireland: A Biography*. Simon & Schuster, 2004.

French, Marilyn. *The Book as World: James Joyce's* Ulysses. Harvard UP, 1976.

Gibson, Andrew. "Macropolitics and Micropolitics in 'Wandering Rocks.'" *Joyce's "Wandering Rocks,"* edited by Andrew Gibson and Steven Morrison. European Joyce Studies 12. Rodopi, 2002, pp. 27-56.

Gifford, Don, with Robert J. Seidman. Ulysses *Annotated: Notes for James Joyce's* Ulysses. 2nd ed., U of California P, 1988.

Gifford, Don. *Joyce Annotated: Notes for* Dubliners *and* A Portrait of the Artist as a Young Man. 2nd ed., U of California P, 1982.

Gilbert, Stuart. *James Joyce's Ulysses: A Study by Stuart Gilbert.* Vintage Books, 1955.

Glasheen, Adaline. *Third Census of* Finnegans Wake*: An Index of the Characters and Their Roles.* U of California P, 1977.

Gordon, John. "The Multiple Journeys of 'Oxen of the Sun'" *ELH*, vol.46, no.1, Spring, 1979, pp.158-72.

———. Finnegans Wake: *A Plot Summary*. Gill and Macmillan, 1986.

Halper, Nathan. "James Joyce and the Russian General." *Partisan Review,* XVIII, July, 1951, pp. 424-31.

Hart, Clive. *Structure and Motif in* Finnegans Wake. Northwestern UP, 1962.

———. "Wandering Rocks." *James Joyce's* Ulysses*: Critical Essays*, edited by Clive Hart and David Hayman. U of California P, 1974, pp. 181-216.

Hayes, Christa-Maria Lerm. *Joyce in Art: Visual Art Inspired by James Joyce*. Lilliput, 2004.

Hofheinz, Thomas C. *Joyce and the Invention of Irish History:* Finnegans Wake *in Context.* Cambridge UP, 1995.

Janusko, Robert. *The Sources and Structures of James Joyce's "Oxen."* UMI Reserch Press, 1983.

Jellett, Mainie. *The Artist's Vision: Lectures and Essays on Art.* Edited by Eileen MacCarvill. Dundalgan, 1958.

John O'Donovan, editor. *Annals of the Kingdom of Ireland, by the Four Masters, from the Earliest Period to the Year 1616.* AMS, 1966.

Kennedy, S.B. *Irish Art & Modernism 1880-1950*. The Institute of Irish Studies at the Queen's U of Belfast, 1991.

Kenner, Hugh. "The Cubist *Portrait*." *Approaches to Joyce's* Portrait*: Ten Essays*, edited by Thomas F. Staley and Bernard Benstock. U of Pittsburgh P, 1976, pp. 171-84.

Keown, Edwina and Carol Taaffe, editors. *Irish Modernism: Origins, Contexts, Publics*. Peter Lang, 2010.

Kiberd, Declan. Ulysses *and Us: The Art of Everyday Living*. Faber, 2009.

Klein, Scott W. *The Fictions of James Joyce and Wyndham Lewis: Monsters of Nature and Design*. Cambridge UP, 1994.

Kopper, Edward A. Jr. "Saint Patrick in Finnegans Wake." *A Wake Newslitter*, New Series, vol.IV, no.5, Oct. 1967, pp. 85-94.

Kronegger, Maria Elisabeth. *Literary Impressionism*. New College & University P, 1973.

Loss, Archie K. *Joyce's Visible Art: The Work of Joyce and the Visual Arts, 1904-1922*. UMI Research Press, 1984.

Mahaffey, Vicki. *Reauthorizing Joyce*. UP of Florida, 1995.

Mamigonian, Marc Aram. "The Armenian Genocide in James Joyce's *Finnegans Wake*." *The Armenian Genocide: Cultural and Ethical Legacies*, edited by Richard G. Hovannisian. Transaction Publishers, 2007. pp.81-95.

Manganiello, Dominic. *Joyce's Politics*. Routledge, 1980.

Marcus, Phillip L. "George Moore's Dublin 'Epiphanies' and Joyce." *James Joyce Quarterly*, vol. 5, no. 2, Winter, 1968, pp. 157-61.

Mayes, Elizabeth, and Paula Murphy, editors. *Images and Insights*. Hugh Lane Municipal Gallery of Modern Art, 1993.

McCarthy, Patrick A. "The Moore-Joyce Nexus: An Irish Literary Comedy." *George Moore in Perspective*, edited by Janet Egleson Dunleavy. Barnes & Noble Books, 1983.

McHugh, Roland. *Annotations to* Finnegans Wake. 4th ed., Johns Hopkins UP, 2016.

Moore, George. *Confessions of a Young Man.* Edited by Minoru Toyoda. Kenkyusha English Classics. Kenkyusha, 1927.

———. *Modern Painting*. Bibliobazaar, 2007.

———. *Parnell and His Island.* Edited by Carla King. University College Dublin P, 2004.

Nochlin, Linda. *The Politics of Vision: Essays on Nineteenth-Century Art and Society*. Thames and Hudson, 1991.

Norris, Margot. *Suspicious Readings of Joyce's* Dubliners. U of Pennsylvania P, 2003.

O'Sullivan, Niamh. *Aloysius O'Kelly: Art, Nation and Empire*. Field Day Publications, 2010.

Patrick, Saint. *The Confession of Saint Patrick: With the Tripartite Life, and Epistle to the Soldiers of Coroticus*. Aziloth Books, 2012.

Power, Arthur. *Conversations with James Joyce.* Lilliput, 1999.

Rooney, Brendan, editor. *A Time and a Place: Two Centuries of Irish Social Life*. The National Gallery of Ireland, 2006.

Rose, Denis, and John O'Hanlon. *Understanding* Finnegans Wake*: A Guide to the Narrative of James Joyce's Masterpiece.* Garland, 1982.

Scholes, Robert. "In the Brothel of Modernism: Picasso and Joyce." *In Search of James Joyce*. U of Illinois P, 1992, pp. 178-207.

Schwarz, Daniel R. *Reconfiguring Modernism: Explorations in the Relationship between Modern Art and Modern Literature*. St. Martin's Press, 1997.

Solomon, Albert J. "A Moore in *Ulysses*." *James Joyce Quarterly*, vol. 10, no. 2, winter, 1973, pp. 215-27.

Steiner, Wendy. *Pictures of Romance: Form against Context in Painting and Literature*. U of Chicago P, 1988.

Symons, Arthur. *The Symbolist Movement in Literature*. E.P. Dutton, 1958.

Tennyson, Alfred Lord. *Selected Poems*. Penguin Classics. Penguin Books, 1991.

Tolstoy, Leo. *The Sebastopol Sketches*. Translated by David McDuff. Penguin Classics. Penguin Books, 1986.

Treip, Andrew. "Lost Histereve: Vichian Soundings and Reverberations in the Genesis of *Finnegans Wake* II.4." *James Joyce Quarterly*, vol. 32, no.3 and 4, Spring and Summer, 1995, pp. 641-57.

Van Mielo, Wim. "*Finnegans Wake* and the Question of Histry!?" *Genitricksling Joyce*, edited by Wim Van Mielo and Sam Slote. European Joyce Studies 9. Rodopi, 1999, pp. 43-64.

Vico, Giambttista. *The New Science of Giambattista Vico*. Translated by Thomas Goddard Bergin and Max Harold Fisch. Cornell UP, 1968.

Weir, David. *Decadence and the Making of Modernism*. U of Massachusetts P, 1995.

Williams, Trevor. "'Conmeeism' and the Universe of Discourse in 'Wandering Rocks.'" *James Joyce Quarterly*. vol. 29, no. 2, Winter, 1992, pp. 267-79.

Yeats, William Butler. *Selected Poems*. Edited by Timothy Webb. Modern Classics. Penguin Books, 1991.

The Bible. Authorized King James Version, Oxford World's Classics. Oxford UP, 1997.

和文文献

浅井学『ジョイスのからくり細工――「ユリシーズ」と「フィネガンズ・ウェイク」の研究』あぽろん社、二〇〇四年。

安達正『ジョージ・ムア評伝――芸術に捧げた生涯』鳳書房、二〇〇一年。

荒俣宏『世界大博物図鑑　第五巻　［哺乳類］』平凡社、一九八八年。

池上忠治（編）『世界美術大全集　西洋編　第二三巻　印象派時代』小学館、一九九三年。

エーコ、ウンベルト『開かれた作品』篠原資明・和田忠彦訳、青土社、一九八四年。

エルマン、リチャード『ジェイムズ・ジョイス伝1・2』宮田恭子訳、みすず書房、一九九六年。

大澤正佳『ジョイスのための長い通夜』青土社、一九八八年。

岡崎勝世『聖書vs.世界史——キリスト教的歴史観とは何か』講談社・講談社現代新書、一九九六年。

金井嘉彦『ユリシーズの詩学』東信堂、二〇一一年。

カヒル、トマス『聖者と学僧の島——文明の灯を守ったアイルランド』森夏樹訳、青土社、一九九七年。

カーライル、トマス『カーライル選集1　衣服の哲学』宇山直亮訳、日本教文社、一九六二年。

——.『カーライル選集6　歴史の生命』宇山直亮訳、日本教文社、一九六二年。

川口喬一『「ユリシーズ」演義』研究社出版、一九九四年。

菅野昭正「『エロディアード』をめぐる試み（古序曲）」『マラルメ全集I　別冊　解題・註解』筑摩書房、二〇一〇年、三三三－四八頁。

ケレーニイ、カール『ディオニューソス』岡田素之訳、白水社、一九九三年。

小島基洋『ジョイス探検』ミネルヴァ書房、二〇一〇年。

佐藤正幸『世界史における時間』山川出版社、二〇〇九年。

蔀勇三『歴史意識の芽生えと歴史記述の始まり』山川出版社、二〇〇四年。

島田紀夫（監修）『印象派美術館』小学館、二〇〇四年。

シモンズ、アーサー『象徴主義の文学運動』前川祐一訳　冨山房・冨山房百科文庫、一九九三年。

ジョイス、ジェイムズ『ジェイムズ・ジョイス全評論』吉川信訳、筑摩書房、二〇一二年。

——.『フィネガンズ・ウェイクI・II、III・IV』柳瀬尚紀訳、河出書房新社、一九九一－九三年。

——.『フィネガンズ・ウェイク』宮田恭子編訳、集英社、二〇〇四年。

——.『フィネガンズ・ウェイク（パート2と3）』浜田龍夫訳、Abiko Literary Press, 二〇一二年。

――.『ユリシーズ』丸谷才一・永川玲二・高松雄一訳、集英社、一九九六―九七年。

――.『ユリシーズ 1―12』柳瀬尚紀訳、河出書房新社、二〇一六年。

――.『ユリシーズ 第十四挿話 新訳』小川美彦訳、五月書房、一九九三年。

――.『若い芸術家の肖像』大澤正佳訳、岩波書店・岩波文庫、二〇〇七年。

――.『若い藝術家の肖像』丸谷才一訳、集英社、二〇〇九年。

杉山寿美子『レイディ・グレゴリ――アングロ・アイリッシュ一貴婦人の肖像』国書刊行会、二〇一〇年。

田村章「スティーヴンと「蝙蝠の国」――『若き日の芸術家の肖像』における「アイルランド性」」金井嘉彦・道木一弘編『ジョイスの迷宮――「若き日の芸術家の肖像」に嵌る方法』言叢社、二〇一六年、二二一―二三九頁。

鶴岡真弓『聖パトリック祭の夜――ケルト航海譚とジョイス変幻』岩波書店、一九九三年。

道木一弘『物・語りの「ユリシーズ」――ナラトロジカル・アプローチ』南雲堂、二〇〇九年。

富山太佳夫『ダーウィンの世紀末』青土社、一九九五年。

豊田實 Notes. *Confessions of a Young Man*. Kenkyusha English Classics. Kenkyusha, 1927, pp. 211-416.

波多野裕造『物語アイルランドの歴史』中央公論社・中公新書、一九九四年。

原聖『興亡の世界史 第07巻 ケルトの水脈』講談社、二〇〇七年。

ファーグノリ、A・N、M・P・ギレスピー『ジェイムズ・ジョイス事典』ジェイムズ・ジョイス研究会訳、松柏社、一九九七年。

フーコー、ミシェル「権力の眼」伊藤晃訳『フーコー・コレクション4 権力・監禁』小林康夫、石田英敬、松浦寿輝編、筑摩書房・ちくま学芸文庫、二〇〇六年、三七三―四〇四頁。

ブロンテ、シャーロット『ジェーン・エア（上）（下）』大久保康雄訳、新潮社・新潮文庫、一九五三―五四年。

マーカタンテ、A・S『空想動物園——神話・伝説・寓話の中の動物たち』中村保男訳、法政大学出版局、一九八八年。

松村赳、富田虎男『英米史辞典』研究社、二〇〇〇年。

丸谷才一「空を飛ぶのは血筋のせいさ」ジェイムズ・ジョイス『若い藝術家の肖像』丸谷才一訳、集英社、二〇〇九年、四六九—五三八頁。

ムア、ギョーヂ『一青年の告白』崎山正毅訳、岩波書店・岩波文庫、一九三九年。

向井清『衣装哲学の形成——カーライル初期の研究』山口書店、一九八七年。

——.『カーライルの人生と思想』大阪教育図書、二〇〇五年。

——.『トマス・カーライル研究——文学・宗教・歴史の融合』大阪教育図書、二〇〇二年。

山田久美子『ジェイムズ・ジョイスと東洋——「フィネガンズ・ウェイク」への道しるべ』水声社、二〇一七年。

山本正「第三章　王国への昇格と植民地化の進展」上野格・森ありさ・勝田俊輔編『世界歴史大系　アイルランド史』山川出版社、二〇一八年、七三—一二八頁。

結城英雄『「ユリシーズ」の謎を歩く』集英社、一九九九年。

吉川一義『プルーストと絵画——レンブラント受容からエルスチール創造へ』岩波書店、二〇〇八年。

ロビンソン、デイヴィッド『チャップリン〈上〉』宮本高晴・高田恵子訳、文藝春秋、一九九三年。

『世界大百科事典（改訂新版）』電子辞書版、セイコーインスツル株式会社、二〇一三年。

ビデオテープ

Unknown Chaplin. 第三巻　Vap Video, 1989.

【タ】

【サ】

索引

【著者】田村 章（たむら・あきら）
金城学院大学文学部英語英米文化学科教授。
同志社大学大学院文学研究科博士後期課程満期退学。
著書、主要論文に『フィクションの諸相――松山信直先生古希記念論文集』（共著、英宝社、一九九九年）、『表象と生のはざまで――葛藤する米英文学』（共著、南雲堂、二〇〇四年）、『アングロ・アイリッシュ文学の普遍と特殊』（共著、大阪教育図書、二〇〇五年）、『ジョイスの迷宮――「若き日の芸術家の肖像」に嵌る方法』（共著、言叢社、二〇一六年）、「『ユリシーズ』第7挿話に秘められたアメリカとモーセの物語」（『金城学院大学論集』［人文科学編］第1巻第1・2号合併号、二〇〇五年）、「虚偽と捏造のテクスト――『ユリシーズ』第16挿話を読む」（『金城学院大学論集』［人文科学編］第12巻第2号、二〇一六年）など。

ジョイスの拡《ひろ》がり――インターテクスト・絵画《かいが》・歴史《れきし》

二〇一九年三月一七日 初版発行

著者 田村《たむら》 章《あきら》

発行者 三浦衛
発行所 春風社 Shumpusha Publishing Co.,Ltd.
横浜市西区紅葉ヶ丘五三 横浜市教育会館三階
〈電話〉〇四五・二六一・三一六八 〈FAX〉〇四五・二六一・三一六九
〈振替〉〇〇二〇〇・一・三七五二四
http://www.shumpu.com ✉ info@shumpu.com

装丁 矢萩多聞
印刷・製本 シナノ書籍印刷株式会社

乱丁・落丁本は送料小社負担でお取り替えいたします。

ISBN 978-4-86110-625-5 C0098 ¥3500E